FICHA CATALOGRÁFICA
(Preparada na Editora)

Biaggio Ismael, 1938-

B471a *Alguém tem que perdoar* / Ismael Biaggio. Araras, SP, IDE, 1ª edição, 2013.

288 p.

ISBN 978-85-7341-586-5

1. Romance 2. Espiritismo I. Título.

CDD-869.935

-133.9

Índices para catálogo sistemático:
1. Romance: Século 21: Literatura brasileira 869.935
2. Espiritismo 133.9

Alguém tem que perdoar

ISBN 978-85-7341-586-5
1ª edição - abril/2013
3ª reimpressão - agosto/2024

Copyright © 2013,
Instituto de Difusão Espírita - IDE

Conselho Editorial:
Doralice Scanavini Volk
Wilson Frungilo Júnior

Produção e Coordenação:
Jairo Lorenzeti

Revisão
Mariana Frungilo Paraluppi

Capa:
Samuel Carminatti Ferrari

Diagramação:
Maria Isabel Estéfano Rissi

Parceiro de distribuição:
Instituto Beneficente Boa Nova
Fone: (17) 3531-4444
www.boanova.net
boanova@boanova.net

INSTITUTO DE DIFUSÃO ESPÍRITA - IDE
Rua Emílio Ferreira, 177 - Centro
CEP 13600-092 - Araras/SP - Brasil
Fones (19) 3543-2400 e 3541-5215
CNPJ 44.220.101/0001-43
Inscrição Estadual 182.010.405.118
www.ideeditora.com.br
editorial@ideeditora.com.br

Todos os direitos reservados. Nenhuma parte desta publicação pode ser reproduzida, armazenada ou transmitida, total ou parcialmente, por quaisquer métodos ou processos, sem autorização do detentor do copyright.

ide

ROMANCE ESPÍRITA DE
ISMAEL BIAGGIO

Alguém tem que perdoar

SUMÁRIO

PARTE UM

Capítulo 1 -	O eremita	11
Capítulo 2 -	Primeiro encontro - Os reflexos da Segunda Guerra	16
Capítulo 3 -	Segundo encontro	23
Capítulo 4 -	Terceiro encontro	28
Capítulo 5 -	Quarto encontro	32

PARTE DOIS

Capítulo 1 -	O solar	43
Capítulo 2 -	Preparativos para a volta	47
Capítulo 3 -	A chegada	51
Capítulo 4 -	Socorro emergencial	57
Capítulo 5 -	Revelações de Benvinda	62
Capítulo 6 -	Novo encontro	66
Capítulo 7 -	O Culto do Evangelho no Lar	69
Capítulo 8 -	A manifestação do Espírito obsessor	75
Capítulo 9 -	A segunda manifestação do Espírito obsessor	82
Capítulo 10 -	Heranças do passado	85
Capítulo 11 -	No plano espiritual	91
Capítulo 12 -	O confronto	97
Capítulo 13 -	Em preparativos para o segundo confronto	106

Capítulo 14 - O terceiro confronto 112
Capítulo 15 - O confronto final 119
Capítulo 16 - O retorno 129
Capítulo 17 - Revelações 133
Capítulo 18 - Trabalhos complementares 141

PARTE TRÊS

Capítulo 1 - A despedida de Alfredo 151
Capítulo 2 - Informações do além 157
Capítulo 3 - Novas revelações 162
Capítulo 4 - Desencarnação 169
Capítulo 5 - Consciência pré-agônica 174
Capítulo 6 - Atividades fora do hospital 180
Capítulo 7 - Nova tarefa 185
Capítulo 8 - Explicações necessárias 191
Capítulo 9 - Preparativos 196
Capítulo 10 - Atendimento 199
Capítulo 11 - Esclarecimentos 205
Capítulo 12 - Campo de trabalho 213

PARTE QUATRO

Capítulo 1 - Hiroshima 219
Capítulo 2 - Reencontro 233
Capítulo 3 - Reencarnação coletiva 240
Capítulo 4 - Novas experiências 244
Capítulo 5 - A comunicação de Cornélio 249
Capítulo 6 - Fenômeno singular 253
Capítulo 7 - Aprendizado 257
Capítulo 8 - Reflexões 262
Capítulo 9 - Avaliação 267
Capítulo 10 - Experiência inusitada 273
Capítulo 11 - Epílogo 280

PARTE UM

Capítulo 1

O eremita

A tarde declinava de mansinho, prenunciando a chegada da noite, que não deveria tardar. No trajeto de volta para casa, após o expediente do trabalho, sempre me deparava, àquela hora crepuscular, com um homem solitário descansando num banco rústico do jardim, parecendo mergulhado em profundas reflexões.

E, nesse dia, intrigado com a regularidade do comportamento daquele ancião, e como, inexplicavelmente, quase sempre sentia uma insistente necessidade, uma obrigação mesmo, de lhe prestar algum auxílio, resolvi parar.

Aproximei-me quase que furtivamente e, já bem à sua frente, cumprimentei-o. Ele me olhou de certa forma espantado e, parecendo fazer um grande esforço para falar, perguntou com a voz quase sumida:

– Mas quem é o senhor? O que deseja de mim?

– Apenas ajudá-lo – respondi cortesmente, complementando em seguida: – Se é que o senhor precisa realmente de ajuda.

– Afinal de contas – respondeu-me, quase irritado –, o que o leva a crer que necessito de ajuda?

– Bem... é que diariamente me deparo com o senhor sentado nesse banco, dando-me a impressão de preocupação e desolamento.

E, propositadamente, sem dar tempo para que ele respondesse, concluí:

– Posso sentar-me para que possamos nos apresentar e conversar um pouco?

Talvez surpreendido pela abordagem intempestiva, meio confuso, e sem dizer palavra, acenou-me com a destra, indicando o espaço do assento à sua direita, para que eu me acomodasse.

Apresentei-me como Inocêncio, funcionário da Coletoria da cidade.

– Meu nome é Alfredo – disse-me, constrangido, e, para meu espanto, identificou-se como sendo proprietário de uma propriedade semiabandonada, localizada na zona rural da periferia da cidade.

Depois das primeiras impressões recíprocas, aquele homem, que aparentava ter o dobro da minha idade, percebendo-me a sinceridade de propósito em querer ajudá-lo, falou com um tom de melancolia.

– Você deve achar estranho o fato de me expor em praça pública, sem medo de ser reconhecido. Na verdade, já faz muito tempo que saí de casa e vivo hoje como um andarilho, visitando esporadicamente a minha propriedade. Moro num barraco não muito longe daqui.

– O senhor possui uma propriedade? – perguntei-lhe, curioso.

– Sim. Sou o herdeiro do Solar.

– O Solar abandonado?

– Esse mesmo.

Experimentei estranho estremecimento, pois sempre alimentara enorme curiosidade por aquela imponente construção, numa herdade, não longe da cidade. Principalmente pelo fato de sempre ter ouvido rumores sobre misteriosos crimes ali ocorridos, que não foram desvendados pela polícia.

E o velho, cofiando a barba crescida que cobria o seu rosto enrugado, completou, sobre si mesmo:

– A aparência atual e a idade avançada ajudam a preservar-me no anonimato.

Fez uma pequena pausa, respirou fundo e perguntou-me:

– Mas, a propósito, como pretende me ajudar?

Com o intuito de encorajá-lo, já que não desejava perder a oportunidade de ouvi-lo, falei, logo em seguida:

– Talvez ouvindo a sua experiência de vida, pois creio que a catarse lhe fará enorme bem, já que vive há tanto tempo sozinho.

Deixando transparecer novo brilho no seu olhar cansado, meneou a cabeça em sinal de aquiescência e respondeu-me:

– Muito boa a sua ideia, mas o tempo me parece exíguo e o local inadequado.

– Então, por que não marcarmos um encontro na minha casa? Lá ficaríamos mais à vontade. Quem sabe já no próximo sábado, logo à tardinha?

Ele silenciou por alguns instantes, levantou a cabeça como que divisasse algo distante e respondeu:

– Sim, se isso não lhe causar nenhum transtorno...

– Ora, fique tranquilo quanto a isso.

Assim, após entregar-lhe a anotação do meu endereço, despedimo-nos com o propósito de cumprir a agenda de compromisso do encontro marcado.

Chegando a casa, justifiquei-me pelo atraso, contando

resumidamente à minha esposa o encontro com aquele homem desconhecido.

Indignada, Julieta retrucou:

– Você enlouqueceu? Como ajudá-lo se nem o conhece direito?

E, com ar de ceticismo, arrematou:

– Trazer um estranho para dentro de nossa casa? Onde já se viu...? Inocêncio, você já está indo longe demais com essa mania de fazer caridade... E, agora, francamente...

– Não se agaste, Julieta! Tranquilize-se, pois acredito que poderemos ajudar aquele pobre homem simplesmente ouvindo a sua história de vida.

Capítulo 2

Primeiro encontro
Os reflexos da Segunda Guerra

No dia aprazado, Alfredo chegou por volta das dezessete horas. Já o aguardava e estava, de certo modo, apreensivo, pois não poderia prever a reação da minha mulher diante daquele homem desconhecido. Entretanto, ao apresentar-se, uma surpresa agradável tranquilizou-me. Ele parecia outra pessoa. Com a barba aparada, os cabelos bem penteados e a roupa limpa, nem de longe lembrava o andarilho da praça.

Pedi, então, à Julieta que nos deixasse um pouco a sós, e acomodamo-nos debaixo do alpendre que dava acesso ao jardim.

A tarde caía ligeira!

Os pássaros, em revoadas, vinham pousar nas folhagens das árvores fronteiriças, numa sinfonia de melodiosos gorjeios.

O perfume exalado do jardim em flor e o crepúsculo,

com matizes de cores deslumbrantes, como se fosse pincelado por mãos divinas, convidavam-nos à reflexão.

Tocado pelas vibrações daquele deslumbrante entardecer, Alfredo dirigiu-se a mim e falou em tom coloquial:

– Desejo, primeiramente, agradecer a generosa acolhida do amigo, se me permite chamá-lo assim, que me recebe em sua própria casa.

E, sem mais rodeios, foi direto ao assunto, dando início à narrativa da sua intrigante história.

– Aqueles eram dias tormentosos!

A Segunda Guerra Mundial, liderada pela Alemanha nazista, executava em massa milhares de judeus nos campos de concentração e nos fornos crematórios, avançando impiedosa e deixando, por onde passava, um rastro de sangue, morte e destruição. Sob o pretexto de supremacia da raça ariana, Adolf Hitler comandava a loucura coletiva que tomava conta dos alemães. Embora estivéssemos distantes do conflito generalizado, naquele momento a maioria dos países já havia se envolvido com a guerra, e a crise econômica mundial atingia, em cheio, também o Brasil. O abastecimento do trigo importado escasseava em nosso país, do qual se obtinha a farinha nutriente para a feitura do pão. Os laranjais eram tomados de assalto por muitos pais de família que buscavam, numa ânsia desesperada, o alimento do fruto precioso, pela falta do que comer. Acompanhava diariamente o noticiário pelo rádio, que dava seguidos *flashes* sobre os efeitos devastadores da grande conflagração. Nesse clima delirante, mas filho de abastado fazendeiro, não me dava conta da situação de penúria e sofrimento vivenciados por tantos outros irmãos. Nessa ocasião, fui persuadido pelo meu pai, embora contra minha vontade, a ingressar num Seminário para ser ordenado padre na minha terra natal. Minha mãe, relutando em interceder em meu favor, também teve que se submeter à sua vontade, levada que foi pela ascendência do regime patriarcal. Eu era o filho mais velho; abaixo de mim, havia mais um irmão e uma irmã, com os quais completávamos a prole familiar. Meu pai, próspero e respeitado fazendeiro da região, influenciado pelas autoridades clericais, forçou-me a concluir o Seminário, embora eu não tivesse pendores para exercer o sacerdócio. E, tão logo ordenado padre, fui convidado para colaborar como pároco da Capela do exército, onde preparava espiritualmente os futuros combatentes convocados para a guerra, que já havia sido instalada. Adaptei-me de tal sorte à convivência com os militares, que pedi autorização para acompanhá-los em terras fora do Brasil. Assim, um navio de guerra da marinha brasileira desembarcou-nos no continente europeu, mais precisamente na Itália.

Ali permanecemos até o combate final.

Estávamos em preparativos para retornar ao Brasil quando conheci uma linda jovem italiana pela qual me apaixonei. Correspondido, apesar do pouco tempo que me restava, uma aproximação mais íntima comprometeu-nos com o fruto de um amor proibido, sobre o qual tomei conhecimento somente quando já me encontrava no Brasil, pois já havíamos combinado que, na primeira oportunidade, ela também viria para o meu país. A informação fez com que eu apressasse os preparativos para meu descompromisso com a Igreja, objetivando a nossa união matrimonial, embora tivesse primeiramente que encarar meu pai. Assim, tomei coragem e dei-lhe ciência do fato, já prevendo desdobramentos desagradáveis, como de fato ocorreram. E, por conhecer o seu caráter irascível, não me surpreendi com a explosão de cólera, quando lhe informei as minhas pretensões de abandonar as lides clericais.

– Mas que diabo deu em você? Como explicar tudo isso às autoridades da Igreja? Seria melhor que a moça não viesse – concluiu, contrariado.

– Mas e o nosso filho?

– Que permaneça bastardo na Itália – respondeu-me, rispidamente.

O orgulho do patriarca não permitiria, em hipótese alguma, uma desonra dessa natureza. Abandonar a Igreja para consorciar-me com uma mulher desconhecida seria o mesmo que decretar a morte do meu velho pai.

O diálogo não foi concluído, pois que, espumando de raiva, ele recolheu-se ao interior do Solar.

Acreditando que poderia ser ajudado, busquei, às escondidas, o aconselhamento do padre Riperto, que desfrutava de muito prestígio junto ao bispo da diocese local.

E, em companhia do bondoso padre, fui recebido em audiência pela autoridade religiosa; assim, expus o meu problema, manifestando a intenção de desligar-me dos compromissos da Igreja.

O bispo Monaro era pessoa altamente compreensiva e, por isso mesmo, sensibilizando-se com o meu drama íntimo, aconselhou-me com brandura paternal:

– Saiba, meu filho, que seu maior compromisso agora é com a mulher e com o filho que vai nascer, pois esse comprometimento transcende ao anteriormente estabelecido, do qual você ainda pode abdicar. Dessa forma, sugiro o seu desligamento da Igreja, para assumir agora, sob as bênçãos de Deus, a responsabilidade do lar.

A verdade é que a intermediação do respeitável bispo facilitou a capitulação do meu velho pai, mas não sem antes ele falar sobre seu desejo de excluir-me da herança de família, em peça testamental.

Depois dos trâmites legais, que resultou no meu desligamento da Igreja, rumei de volta para a Itália, onde Cláudia já me aguardava, exultante, para o nosso casamento.

Nessa altura da narrativa, Alfredo, muito emocionado por trazer ao presente as lembranças do passado, pediu licença para interromper a sua fala; seria conveniente retomar o assunto em outra oportunidade, já que a noite avançava célere.

O acordo foi selado enquanto Julieta servia um ligeiro chá com biscoitos e torradas.

À saída, minha esposa voltou a questionar-me quanto à possibilidade de ajudá-lo.

– Obviamente – disse-me –, não prestei muita atenção sobre o que ele falava. Entretanto, não pude deixar de ouvir alguma coisa, em face da proximidade do alpendre com a sala de estar, onde me encontrava tricoteando enquanto vocês conversavam.

– A sua história me parece muito complicada: como pode um ex-sacerdote viver hoje nessas condições de penúria total? É bem verdade que nada acontece por acaso e, por isso mesmo, precisamos conhecer um pouco mais a sua história de vida para poder ajudá-lo efetivamente.

Intrigada, Julieta rebateu de pronto:

– Mas como assim? Por acaso, Deus não tem um plano de vida para cada um de nós?

– Sim, é verdade. E é verdade também que todos nós colhemos o que plantamos.

Julieta pareceu meditar nas minhas palavras, mas, não se dando por vencida, voltou a considerar.

– Mas, ainda assim, Deus não poderia intervir na ação do homem, procurando ampará-lo e torná-lo melhor?

– É claro que poderia e o faz com mais frequência do que pode imaginar. O Apóstolo Paulo já asseverava: "Tudo é permitido, mas nem tudo convém"[1]. Pois bem, pregando a prática do livre-arbítrio como roteiro de vida para todos nós, o Espiritismo nada mais faz do que esclarecer, à luz do raciocínio lógico, os ensinos do Evangelho de Jesus. Dessa forma, quando a nossa escolha deliberada recai sobre o mal, o impositivo da colheita, cedo ou tarde, torna-se obrigatório. Mesmo assim, quando nos dispomos ao arrependimento sincero, Ele sempre nos oferece nova ensancha de soerguimento, pautada no que asseverou o profeta Ezequiel[2]: "Por mim mesmo, juro – disse o Senhor Deus – que não quero a morte do ímpio, senão que ele se converta, que deixe o mau caminho e que viva".

Minha esposa estava deslumbrada ante as elucidações extraídas do Evangelho de Jesus, clarificadas à luz dos ensinamentos espíritas.

A partir desse diálogo, Julieta tornou-se mais interessada e tolerante em receber Alfredo em nossa casa e ouvi-lo com dedicação e compreensão.

---

[1] Coríntios 10:23.

[2] Ezequiel 33:11.

Capítulo 3

Segundo encontro

Recebido agora com mais solicitude por parte da minha mulher, Alfredo sentiu-se quase à vontade e pediu-me permissão para que Julieta, a partir daí, também pudesse participar da sua história. O fato é que, somente bem mais tarde, pudemos compreender o porquê desse laço afetivo que começava a se estreitar cada vez mais entre nós. Iniciando a sua fala, considerou, com humildade:

– Agradeço, mais uma vez, a generosidade dos amigos, que se dispõem a ouvir, pacientemente, a minha história de vida.

E, dando continuidade à sua narrativa, prosseguiu, bem-humorado.

– Pois bem, quando voltei à Itália, Cláudia recebeu-me, como não poderia deixar de ser, com esfuziante alegria. Residia com seus pais na bela Florença, num bairro pobre da periferia; estava agora no sétimo mês de gestação.

A guerra havia terminado, deixando, porém, um legado

de morte e destruição. Dos seus dois irmãos, Demétrio havia sucumbido em combate, e David, mutilado de guerra, ficara paraplégico. Com idade avançada, seus pais tinham grandes dificuldades para manter o equilíbrio financeiro do lar, e Cláudia trabalhava numa lavanderia, sendo que os parcos recursos que recebia mal davam para suprir o sustento da família. Após inteirar-me de tudo o que aconteceu durante a minha ausência e, como já detinha o título da cidadania italiana, tratei de providenciar a minha regularização naquele país para a nossa união definitiva, não sendo difícil alcançar o intento desejado.

    Após o casamento, para ajudar nas despesas da casa, arranjei emprego como garçom num restaurante da cidade, e parte do salário foi suficiente, além das gorjetas que ganhava, para custear meu curso superior de extensão universitária na área da Psicologia. David, seu irmão, apresentava crises constantes de histeria, provavelmente provocadas pela neurose de guerra. Finalmente, Anselmo nasceu e, apesar das dificuldades financeiras enfrentadas na convivência com os familiares da minha esposa, quando nosso filho completou o seu quarto aniversário, eu estava concluindo, com êxito, o curso de graduação em Psicologia. Durante o período que mediou o nascimento de Anselmo e a minha formatura, os pais de Cláudia faleceram. A nossa vida começava a tomar um novo rumo. Montei um consultório e a clientela veio naturalmente, pois o resquício da guerra provocara a desestabilização emocional na cabeça de muita gente. Agora minha esposa já não precisava mais trabalhar fora de casa, passando a colaborar comigo na secretaria do consultório. Conseguimos, finalmente, uma pensão para o sustento de David, o que nos deu um grande alívio nas despesas do lar. O atendimento da clientela foi facilitado pela minha experiência de ex-confessor, e eu prosseguia na rotina dos meus afazeres habituais quando, certo dia, apareceu em meu consultório uma senhora com indícios de sintoma depressivo. Nas primeiras abordagens, não foi possível detectar a causa desse transtorno, todavia, com o passar do tempo, ela foi ganhando confiança até que revelações surpreendentes começaram a aparecer. Numa das sessões de terapia, ela fez uma confidência que me causou muito desconforto. Após ouvi-la atentamente, como se nada soubesse a respeito, perguntei, a custo, disfarçando minha emoção:

– Mas, dona Clotilde, como a senhora ficou sabendo de tudo isso e o que a faz supor que o senhor Estênio deserdou o próprio filho?

– Segundo meu ex-namorado, antes de o escândalo vir a público, o velho, de certa forma resignado, suportava o revés, mas depois...

Fazendo-me de desentendido, perguntei:

– Mas, antes disso, quem teria acobertado o acontecido?

– Dizem que tanto o bispo quanto o pároco da cidade guardavam segredo de tudo, até que o padre resolveu dar com a língua nos dentes.

Mal disfarçando o espanto, indaguei:

– Mas o que o levou a fazer a delação?

– Para falar a verdade, não fiquei sabendo dos detalhes sobre os motivos que levaram o padre a fazer a denúncia. Fala-se de vingança contra o bispo, por não lhe ter emprestado o seu apoio para sua promoção na hierarquia da Igreja. Embora ele também fosse conivente, a responsabilidade maior recaiu sobre o bispo, que acabou sendo transferido de Diocese. Quanto ao padre, por ter demonstrado, embora tardiamente, fidelidade à Igreja, foi poupado.

Tentando dissimular o mal-estar, embora já soubesse de tudo, voltei a questionar:

– E como ficou o velho Estênio?

– Bastante arrasado! Não podendo contrapor-se ao padre delator, sucumbiu ao próprio orgulho, anunciando que seu filho, por abandonar a Igreja, seria deserdado.

– Bem, dona Clotilde, mas o que tem tudo isso a ver com a senhora? E como poderei ajudá-la?

Ante estes dois questionamentos, ela meditou por alguns instantes e, em seguida, falou:

– Bem, esse meu ex-namorado era brasileiro e, apesar do pouco tempo de namoro, engravidou-me e, embora tivesse conhecimento da minha situação, repentina e inexplicavelmente desapareceu. Deixou uma carta de recomendação para que eu procurasse pelo senhor, por ser profissional da sua confiança, e ele trabalharia, enquanto isso, com a possibilidade de um dia poder vir buscar-me para viver com ele no Brasil.

Curioso, perguntei-lhe pelo seu nome.

E nova surpresa fez-me estremecer ainda mais.

– Trata-se de Valério, filho de Estênio e irmão do ex-padre deserdado.

Estupefato com a revelação de Clotilde, desculpei-me pelo dilatado tempo que já durava a consulta e resolvi encerrá-la, deixando para a próxima sessão a continuidade do nosso diálogo.

Capítulo 4

Terceiro encontro

Nesse terceiro encontro, foi Julieta quem puxou conversação. E, sensibilizada com a narrativa de Alfredo, questionou:

– Mas a senhora Clotilde não se deu conta, em nenhum momento, de que o senhor também é brasileiro?

– Não, minha senhora, como ex-seminarista e por ter servido como sacerdote durante algum tempo entre os combatentes, acabei por dominar com perfeição o idioma italiano. Além do mais, nas entrevistas, quem direcionava as perguntas era sempre eu, raramente dando-lhe oportunidade para saber algo a meu respeito.

A conversação amistosa prolongou-se por quase meia hora, quando Alfredo, parecendo emergir de reminiscências adormecidas, retomou a narrativa:

– Na realidade, doutor Alfredo – falou Clotilde, com ar de confiança –, além do meu ex-namorado, outra pessoa também me indicou os seus serviços, como profissional da Psicologia.

Naturalmente, mais uma vez movido pela curiosidade, perguntei:

– Trata-se de alguma cliente minha?

– Curiosamente não, respondeu com tranquilidade. Foi uma amiga que disse conhecê-lo muito bem. O nome dela é Andréa, irmã do meu ex-namorado e do padre deserdado.

O choque foi tamanho, que instintivamente me levantei. E, pretextando a necessidade urgente de ir ao banheiro, ausentei-me por alguns instantes. Recobrado do susto, retornei e, procurando manter a serenidade, retomei o diálogo indagando em seguida:

– E onde ela se encontra agora?

– Depois de algum tempo residindo aqui na Itália, também voltou para o Brasil.

– Mas, afinal, por que Andréa me recomendou a você?

– Para dizer a verdade, nem eu sei dizer o porquê. Apenas disse que o conhecia, assegurando-me tratar-se de profissional adequado para cuidar da minha problemática emocional, enquanto meu ex-namorado não se decidisse por vir me buscar.

Mais aliviado, questionei novamente:

– Mas, afinal de contas, dona Clotilde, qual o conflito que a motivou a vir buscar minha ajuda profissional?

– Primeiro, pela volta repentina do meu ex-namorado para o Brasil; segundo, pela gravidez, que mexeu muito com a minha cabeça; e terceiro, pelo fato de a minha amiga conhecê-lo, no pressuposto de que o senhor pudesse persuadi-la a convencer Valério a voltar.

Como essas revelações esfervilhavam em minha mente num turbilhão de mudas indagações, resolvi, então, investigar, mas só poderia fazê-lo viajando para o Brasil.

Assim, alegando providências de compromissos inadiáveis, suspendi temporariamente o atendimento à clientela. Expus os motivos à minha esposa, que, estarrecida tanto quanto eu, concordou com a minha viagem ao Brasil, a fim de buscar as explicações que pudessem esclarecer aquele enigma. Enquanto isso, ela cuidaria do lar sem maiores problemas, já que a nossa situação econômico-financeira havia melhorado.

E tanto eu quanto Julieta estávamos emocionados com a narrativa de Alfredo, que parecia raiar pelo inverossímil.

Terminado o relato desse terceiro encontro, mal

podíamos dissimular nossa incredulidade. Percebendo isso, Alfredo despediu-se, arrematando reticente:

– A minha história, bem o sei, mais se parece com um conto da carochinha, mas se tiverem a paciência de me ouvir...

Em realidade, a narrativa desse terceiro encontro aguçou ainda mais a nossa curiosidade, pelo que, nem bem Alfredo acabou de sair, a nossa expectativa do seu retorno, para ouvir a continuidade expositiva da sua história, já era enorme.

Capítulo 5

Quarto encontro

Nesse quarto encontro, Alfredo apresentou-se, como de costume, na hora aprazada. Todavia, diferentemente das vezes anteriores, o seu semblante triste deixava transparecer algo de enigmático no ar. Talvez por isso, Julieta fez questão de descontrair o clima de consternação do ambiente. Arrumou a mesa, oferecendo ao amigo visitante um rápido cafezinho e, num tom respeitoso, considerou:

– O senhor não parece muito bem-disposto hoje. Há algo que possamos fazer para ajudá-lo?

– Agradeço muito a sua preocupação e o anseio de me ajudar, pois o episódio de hoje me trará, com certeza, tristes recordações. Não sei se o tempo disponível será suficiente para expor, em detalhes, as ocorrências vividas no Brasil.

Depois de acomodados confortavelmente no alpendre, Alfredo deu sequência à sua fala emocionada:

– Cheguei ao Brasil na primavera de 1950.

Comemoravam-se, àquela época, as festividades do

chamado ano santo, segundo o calendário da Igreja Católica.

Dirigi-me imediatamente à minha terra natal e ao meu antigo lar.

O Solar, onde residi por alguns anos em companhia dos familiares, lá estava: imponente, altaneiro e acolhedor, parecendo esperar pela minha chegada.

Aproximei-me e, fazendo soar a aldrava, fui recepcionado pelo mordomo da casa.

– A que vem?

– Sou Alfredo, filho do senhor Estênio, proprietário desta herdade. Não se recorda de mim, Juvêncio?

De olhos arregalados pela surpresa da visita inesperada, o mordomo abriu um largo sorriso e exclamou:

– Como não, meu bom Alfredo? Por onde andou e por que tanto tempo ausente de casa?

Mas, recompondo-se imediatamente da surpresa que teve ao rever-me de retorno à minha antiga residência, reconsiderou, algo preocupado:

– É bem verdade que...

– Sim, fui deserdado pelo meu próprio pai, não é mesmo, Juvêncio? E o que aconteceu nesta casa durante a minha ausência?

– Seria melhor – desconversou Juvêncio – anunciá-lo

logo ao senhor Estênio, que se encontra no escritório, consultando, como sempre, as papeladas; ultimamente, não tem feito outra coisa.

— E por que tanta preocupação com tais documentações?

— Logo saberá. Com licença, voltarei em seguida.

Durante algum tempo, permaneci ali, postado junto à porta de entrada. Estava ansioso quanto à repercussão da minha chegada.

Não demorou muito e recebi autorização para entrar.

Acompanhado pelo mordomo, fui conduzido ao escritório onde se encontrava meu velho pai, que se levantou indiferente ao avistar-me, e estendeu a mão sem me abraçar, perguntando-me secamente:

— O que o traz de volta a esta casa?

— Vários são os motivos...

— Já sei — interrompeu-me —, um deles é sobre a herança.

— Este é o menos importante, meu pai, já que aprendi a viver com o estritamente necessário.

Talvez ferido no seu orgulho, o velho retrucou, contrariado:

— Já que o dinheiro não lhe faz tanta falta, explique-se melhor, então.

– Um dos motivos é sobre Andréa, que...

Antes que eu concluísse, ele interveio, grotescamente:

– Fui eu que a mandei para lá, uma vez que seu irmão, tal qual você, é também um desmiolado. Valério, sob pretexto de estudar na Itália, convenceu-me a providenciar-lhe alojamento e enviar polpudas mesadas para o seu sustento.

Logo após a sua partida, as notícias foram se amiudando até que, desconfiado de sua conduta, suspendi a remessa de dinheiro na esperança de que ele voltasse.

Depois de algum tempo de expectativa infrutífera, com a ajuda de amigos e da embaixada brasileira, consegui localizar o seu novo paradeiro. Surpreendido, fui informado de que ele vivia maritalmente com uma jovem italiana, o que me deixou profundamente contrariado.

Dessa forma, pedi a ajuda da sua irmã, a única da família que ainda tem um pouco de juízo.

Despachei-a para a Itália, determinando que fixasse residência temporária, próxima à casa de Valério, no intuito de convencê-lo a retornar.

– Mas, afinal de contas, meu pai, por que a decisão de insistir no retorno de Valério, sem a companhia da sua futura esposa? Seria pelo temor de ter que partilhar também a herança da família com uma mulher desconhecida?

Quando renunciei aos compromissos da Igreja para constituir um lar, supliquei inutilmente a sua complacência.

Como o senhor sabe, sempre deixei muito claro que não tinha pendor para exercer o sacerdócio, embora, até então, respeitasse o voto de castidade, compromisso esse assumido com a nossa Santa Igreja.

Todavia, não estando ainda preparado para resistir aos encantos de uma mulher, sucumbi ante o fascínio irresistível de Cláudia, que se converteu, felizmente, numa excelente e dedicada companheira, pois o mundo quase ruiu sobre a minha cabeça quando, pelo desprezo do meu próprio pai, fui comunicado de que havia sido deserdado.

— Pare, não quero mais saber desse assunto. Você me humilhou perante a sociedade religiosa da cidade.

— A humilhação que diz ter sofrido nada mais foi do que o fruto do seu orgulho ferido. E quanto a mim, que fui praticamente amaldiçoado pelo meu próprio pai? Não fosse a intercessão do padre Riperto e o aconselhamento do bispo Monaro, talvez tivesse dado cabo da própria vida, tão desesperado estava.

Interrompendo a minha fala, o velho esbravejou trovejante e, secamente, concluiu:

— Não mais me interessa saber de sua vida pregressa ou presente. Embora não lhe deva explicações quanto ao regresso de Valério, tentarei resumir o motivo da minha decisão.

Ando muito cansado e a minha idade já não comporta

mais continuar no comando desta herdade. Além do mais, este Solar encontra-se bastante arruinado, necessitando de reparos urgentes.

– Desculpe-me, mas ainda continuo sem entender por que o senhor não permitiu também a vinda da companheira de Valério.

– Como poderia conviver com uma mulher desconhecida, já estando velho e cansado? Quando partir, tudo isso deverá ficar somente nas mãos dos seus dois irmãos, para orgulho da nossa posteridade.

– E quanto a mim? Por acaso também não sou seu filho e merecedor da sua compreensão? Enquanto sacerdote, aprendi com os ensinos de Jesus que tudo pertence a Deus, nosso Pai comum. Ainda que eu tivesse me apartado do senhor, buscando aventurar-me com as ilusões do mundo, a recomendação do Mestre sempre foi a de acolher o filho pródigo, o que não é o meu caso, pois, em que pesem as minhas imperfeições, sempre estive em nome de Deus, a serviço da nossa santa Igreja, junto aos seus fiéis.

– Todavia – retrucou-me –, a despeito das suas considerações, não posso mais voltar atrás quanto à decisão já tomada.

– Nem quero isso; o que mais desejo agora é a harmonização da nossa família e a compreensão do senhor que, a despeito de tudo, continua sendo meu pai.

Essa colocação desconcertou-o, pois percebi que, a partir daí, o seu temperamento irascível, pelo menos para comigo, sofreu profunda transformação. Provavelmente, também tenha contribuído para isso o seu estado de saúde, já bastante debilitado.

Enquanto isso, aproveitei para inteirar-me de tudo, buscando informações que pudessem esclarecer os motivos que levaram minha irmã a cumprir rigorosamente as determinações do nosso pai.

E, solicitando a colaboração de Andréa, ela me esclareceu quando nos encontramos:

– Na verdade, não podia deixar de atender aos seus reclamos, uma vez que nosso pai se encontra doente, necessitando do amparo e da compreensão de todos nós. No início, Valério resistiu aos meus apelos; todavia, depois...

– Mesmo sabendo que ele vivia em companhia de Clotilde e a engravidara, você insistiu no seu retorno?

– Sim, porque consta dos meus planos, tão logo seja possível, trazê-la também para o nosso convívio familiar.

– E por que já não a trouxe com nosso irmão? Além do mais, Clotilde acha que foi abandonada.

– Não é bem assim, pois deixei no ar a expectativa de que trabalharia pela união de ambos, tão logo surgisse ocasião para tal.

Nosso pai, também acreditando que a união havia sido desfeita, abdicaria...

– Mas será crível que ele também o deserdaria?

– Como não? Antes de eu partir, deixou claro que, se ele não retornasse na minha companhia, também seria excluído da herança.

Confidenciei-lhe a intenção do nosso pai e pedi que voltasse, dizendo que, futuramente, traríamos também Clotilde e o seu filhinho para junto de nós; a par disso, prevendo distúrbios emocionais, sugeri a ela que o procurasse, enquanto ultimávamos providências para trazê-la ao Brasil.

– E por que não disse a ela toda a verdade?

– Pelo ódio que poderia ser despertado ao ver-se rejeitada. Enquanto estiver aos seus cuidados, teremos tempo para dobrar a cerviz do nosso orgulhoso pai e, quem sabe, um dia, convencê-lo a aceitar a nora e o netinho no convívio do nosso lar. Entendeu agora?

– Mais ou menos, entretanto, não posso, sob pretexto de ganhar tempo, desviar-me da ética profissional. Todavia, verei o que poderá ser feito em favor de Clotilde durante os atendimentos subsequentes, quando retornar à Itália.

Assim terminava a narrativa do quarto encontro quando, já mais familiarizado conosco, Alfredo propôs levar-nos para conhecer o antigo Solar.

PARTE DOIS

Capítulo 1

O Solar

A nossa expectativa era enorme para conhecer o local onde supostamente Alfredo e seus familiares, num passado não muito distante, viveram dias de angústias morais. No Solar, visivelmente arruinado pela ação inexorável do tempo, ele vivera, até há pouco, tal qual um eremita, isolado e apartado da sociedade. Ao transpormos o seu portal, eu, particularmente, tive uma sensação muito estranha de desconforto espiritual. Com a mediunidade aflorada nas lides doutrinárias, de certa forma percebi que um drama de grandes proporções havia acontecido nas dependências daquele casarão.

Alfredo, sem notar a minha reação emocional, que a custo procurava escamotear, falou com solicitude:

– Doravante, se concordarem, concluirei o relato da minha história aqui mesmo, uma vez que as reminiscências poderão emergir mais facilmente da minha consciência, favorecidas pela ambiência psíquica deste local.

Eu e minha esposa trocamos um olhar de aprovação, concordando com a sugestão apresentada pelo nosso, agora, anfitrião.

– Desejo, por isso mesmo, esclarecer – continuou Alfredo – que, após algum tempo depois de meu desligamento da Igreja, tornei-me espírita praticante até o retorno de todos os meus familiares ao mundo espiritual. Depois disso, isolei-me e...

Sem poder continuar, premido pela forte emoção que o tomava de assalto, começou a chorar.

Em seguida, recompôs-se, sugerindo-nos que o acompanhássemos para conhecer as dependências do local.

A pouca iluminação, aliada à falta de arejamento adequado, contribuía para aumentar o meu mal-estar, agora compartilhado, pelo que pude perceber, também pela minha esposa.

Após rápida andança pelas dependências do Solar, deu para perceber o estado de abandono em que o mesmo se encontrava.

Apesar de tudo, o local onde agora nos encontrávamos contrastava com os demais cômodos desarrumados. Provavelmente, Alfredo o havia preparado para receber a nossa visita. Apenas dois sofás em razoáveis condições de uso, uma mesa e quatro cadeiras compunham os móveis da sala de estar. Havia também uma antiga lareira com achas recentemente queimadas.

Aparentando ansiedade e, após nos acomodarmos no sofá, Alfredo retomou a sua história.

— De volta à Itália, no primeiro reencontro com Clotilde, notei-a muito depressiva. O abatimento físico e emocional, provavelmente por sentir-se preterida pelo companheiro, levava a infeliz criatura às raias da loucura. Expôs-me a ideia sinistra do suicídio, uma vez que não tinha mais esperanças nem condições para custear a educação do seu filho. Os recursos financeiros escasseavam, levando a pobre senhora à fixação da ideia perturbadora. Como último recurso, resolvi interpelá-la quanto à possibilidade de reaproximar-se de Valério, sem deixar transparecer, no entanto, a promessa feita anteriormente por Andréa antes da sua volta ao Brasil.

Mas respondeu-me, entre cética e desesperada:

— Há quase um ano sem notícia alguma dele? Andréa, da qual já lhe falei, prometeu trabalhar nesse sentido, mas até agora...

— Tranquilize-se, minha cara, pois vou tentar localizá-la para saber o que poderá ser feito.

E, para deixá-la mais segura e feliz, complementei:

— Agora somos dois a encampar a sua causa.

Enquanto isso, prometa-me que fará o tratamento direitinho, pois quero vê-la saudável e bem-disposta para cuidar do seu filho.

– Deus seja louvado – exclamou, esperançada na minha intercessão em seu favor.

Durante as sessões subsequentes, pude notar que Clotilde melhorava consideravelmente e resolvi, então, prepará-la para que eu pudesse contar toda a verdade sobre a trama arquitetada pelo meu velho pai.

Correspondi-me com Andréa pedindo que ela preparasse Valério para a nossa chegada, uma vez que minha esposa já havia concordado com a nossa mudança para o Brasil. Assim, eu, Cláudia e Anselmo, à exceção de David, que já havia desencarnado, traríamos, em nossa companhia, definitivamente para o Brasil, também Clotilde e seu filhinho Rafael. Ao terminar mais esse pequeno relato, eu e Julieta nos despedimos de Alfredo, prometendo retornar ao velho casarão, oportunamente, para ouvirmos a continuidade da sua história, que se tornava cada vez mais emocionante com o passar do tempo.

Capítulo 2

Preparativos para a volta

Numa das últimas sessões de psicoterapia, após a saudação inicial, falei-lhe sem rodeios:

– Clotilde, hoje tenho algo para lhe contar, uma vez que acredito esteja psicologicamente preparada para saber toda a verdade em torno do suposto abandono de Valério, na realidade meu irmão, e Andréa, sua amiga, minha irmã.

Clotilde empalideceu, mas acredito que a expressão "suposto abandono" tenha reacendido suas esperanças, porque notei que seus olhos, embaciados, voltaram a brilhar de forma diferente.

– Mas... – gaguejou – como pode ser isso?

– Bem, a história teve início quando abdiquei dos votos religiosos, abandonando a Igreja para me casar com aquela que seria minha esposa, Cláudia, e depois disso...

Assim, contei, resumidamente, os episódios que envolveram toda a trama arquitetada por meu pai. Ao terminar, apesar do espanto inicial, ela aparentava certa tranquilidade, e aproveitei para anunciar que a levaria, com seu filhinho e minha família, para fixarmos residência definitiva em terras do Brasil. Apreensiva, ao tomar conhecimento sobre o caráter truculento de meu pai, perguntou:

– Ele já foi informado dessa decisão?

– Apenas da intenção, dando mostras de indiferença, pois está muito adoentado, e passou a Valério, por essa razão, os cuidados administrativos do Solar. Apesar disso, Andréa já vem conversando com ele a respeito desse assunto há algum tempo, com o objetivo de prepará-lo para recebê-los no convívio familiar.

Finalmente, chegou o dia tão esperado!

Clotilde não conseguia entender por que Valério a teria abandonado em circunstâncias tão delicadas.

Foi aí que resolvi avançar em considerações mais detalhadas, esclarecendo:

– Valério recebeu, por intermédio de Andréa, as ordens de nosso pai para que retornasse imediatamente, sob pena de também ser deserdado, tal como aconteceu comigo. Sabedor da sua irredutibilidade quanto à decisão tomada, ele não titubeou em obedecer.

– Mas por que não me informou a respeito? – retrucou, reticente.

– O fato é que nem eu sabia, pois ficou combinado entre meus dois irmãos que você teria amparo psicológico até que as coisas pudessem ser definitivamente resolvidas.

Foi por essa razão que ela sugeriu que você me procurasse sem nada dizer a respeito do nosso grau de parentesco.

Era preciso que fosse assim, a fim de que eu pudesse trabalhar isento de emoções, embora isso, em parte, não tenha ocorrido, uma vez que, durante as sessões de atendimento, fui informado do seu drama, causado pelo meu irmão ao abandoná-la, por você mesma. Acredito que, naquela oportunidade, você não entenderia esse afastamento, ainda que temporário.

– E por que não?

– Qualquer atitude relutante de sua parte, que viesse a contribuir para fragilizar a resolução de Valério em retornar, poderia pôr tudo a perder, inviabilizando, entre vocês, a possibilidade de uma reaproximação futura em condições financeiras mais favoráveis. Agora que o testamento já foi lavrado em cartório, resolvemos contar-lhe tudo sobre a nossa decisão de levá-la para o Brasil, com seu filhinho, para nossa convivência familiar.

Preocupada quanto a uma possível reação negativa de meu pai, Clotilde perguntou:

– E quando ele descobrir que foi enganado?

– Não sei lhe dizer como será o desdobramento de tudo isso, pois, com o meu retorno, a situação será ainda mais complicada. Embora conste no testamento que tudo ficará apenas em nome dos meus dois irmãos, a ferida moral, resultante do orgulho exacerbado pelo abandono da Igreja, para unir-me a uma mulher, ainda não foi totalmente cicatrizada. Entretanto, precisamos aguardar os acontecimentos sem sofrermos por antecipação. A decrepitude vem dando sinais de modificação no seu caráter irascível, e um dia, quem sabe...

Capítulo 3

A chegada

Assim, procurando sensibilizá-lo, falamos sobre a possível alegria de conhecer o filho do seu filho, seu netinho Rafael. Mesmo assim, ele continuava relutante, chegando a afirmar que, se isso acontecesse, não saberia dizer do que seria capaz.

Embora o velho se encontrasse bastante adoentado, meus irmãos não tinham mais como adiar essa decisão de trazê-los para cá.

Apesar de já estarmos preparados para o enfrentamento de possíveis acontecimentos desagradáveis, jamais poderíamos imaginar o que estava sendo maquinado pela mente daquele homem transtornado.

Nosso pai ainda mantinha a confiança da maioria dos serviçais e, por essa razão, não foi difícil se mancomunar com Tenório, que se prontificou para atender ao seu plano desastrado.

– Você, Tenório, é a pessoa da minha mais estrita e

absoluta confiança, porque, durante todos esses anos, sempre esteve à frente dos serviços desta propriedade. Agora, mais do que nunca, preciso da sua ajuda para resolver um problema que reputo ser da mais alta relevância.

Subserviente como sempre, o capataz baixou a cabeça em sinal de respeito, falando, obediente:

– Diga-me, senhor, o que fazer, e cumprirei integralmente as suas ordens.

– A empreitada não será fácil, mas confio na sua eficiência e fidelidade. A coisa deverá ser muito bem-feita para não despertar desconfiança sobre nós.

Exposto o plano maquiavélico, Tenório chamou, sob suas ordens, o mordomo, antigo serviçal também da confiança do patrão e, coagindo-o, convidou-o a praticar o delito.

Não havia como recusar as ordens recebidas ante as investidas do zeloso capataz.

Enfim, em clima aparentemente festivo, chegamos.

Clotilde e seu filho Rafael seriam finalmente apresentados ao meu pai, que teria agora a oportunidade de abraçar seu neto.

Durante os dias que sucederam, o velho soube muito bem dissimular o seu dissabor em acolher a nora e o neto, indesejados. Por sua vez, e sem que eu saiba explicar o porquê,

Clotilde não dissimulava a aversão que nutria pelo meu pai e algo de sinistro pairava no ar. Eu e minha família fomos morar num imóvel alugado na periferia da cidade e, aos domingos, reuníamo-nos no Solar para uma confraternização.

O tempo corria ligeiro. Três meses já haviam se passado, e tudo indicava que meu pai cedera ante as traquinagens do netinho, que a todos encantava.

Entretanto, certo dia, após o café da manhã, aconteceu a tragédia.

Rafael foi acometido de vômitos, seguidos de forte hemorragia gastrintestinal.

Generalizou-se o rebuliço.

Tão logo comunicados, eu e Cláudia nos deslocamos imediatamente para o local.

O médico, que já havia feito o diagnóstico, balançou a cabeça negativamente e concluiu que nada mais podia fazer para salvar a vida do garoto.

– Mas o que teria causado tudo isso, doutor?

O médico endereçou-me um olhar enigmático e, chamando-me de lado, falou, desconfiado:

– Parece-me um caso de envenenamento.

– Cruzes! – retruquei, espavorido. – Mas quem...

– Não nos precipitemos em tirar conclusões apressadas. Só poderei atestar o óbito após o exame de necropsia.

O doutor Sistêmio determinou, então, que o corpo fosse transladado para o Instituto Médico Legal.

Após a conclusão dos exames pelo médico legista, a sua desconfiança foi confirmada.

Morte por envenenamento.

Ao leite foi adicionado arsênico, o que passou desapercebido aos serviçais devido à sua coloração cinzento-amarelada.

Após as exéquias, que constrangeram a todos nós, foi aberto inquérito policial.

Pelo que pôde ser apurado, o fato ocorrera pouco antes do café da manhã, quando Rafael participava, com os demais empregados da fazenda, da ordenha matinal.

Durante algum tempo em que se processavam as diligências investigativas, o caso permaneceu sob a sombra do mistério.

Tenório foi acareado com outros serviçais e não pôde sustentar a sua inocência, confessando tudo sobre o crime, dizendo-se coagido pelo patrão. Sabedora disso, Clotilde foi às raias da loucura, enchendo-se de ódio do assassino e do sogro desalmado.

A polícia, por sua vez, não pôde prender Estênio, tendo em vista ele ter negado tudo, permanecendo, dessa forma, a palavra do capataz contra a sua.

O fato teve repercussões constrangedoras em toda a comunidade. Clotilde entrou num processo de franca alienação, desejando, a todo custo, vingar-se do sogro odiento, mentor intelectual da morte do seu filho.

Enquanto isso, Estênio não se conformava com a delação de Tenório, até então seu capataz da mais estrita confiança e, extremamente enceguecido pela sua traição, chamou às suas ordens Eufrásio, seu segundo homem na linha sucessória do comando administrativo da herdade, e propôs-lhe substituir Tenório, desde que...

Uma semana depois, o corpo do antigo capataz apareceu boiando na curva do rio que margeava a cidade.

Não bastasse a sequência desses horrendos acontecimentos, Clotilde, já bastante desvairada, pretendia fazer justiça com as próprias mãos, arquitetando assassiná-lo.

Todavia, no momento do golpe fatal, foi interceptada por Valério, que evitou a consumação do ato criminoso, subtraindo-lhe o punhal.

Meu pai, por sua vez, traumatizado pelo acontecimento inesperado e fragilizado pela precariedade da saúde, foi acometido de fulminante ataque cardíaco, vindo a falecer a caminho do hospital.

Talvez por não ter experimentado o gosto de vingar-se do sogro conforme queria, o ódio, alimentado no seu Espírito conturbado, fez Clotilde enlouquecer de vez.

Acometida de seguidas crises violentas, foi internada em um hospital especializado para o tratamento de alienados mentais.

Por minha vez, procurei atenuar os acontecimentos dos episódios desagradáveis.

Busquei, inicialmente, o diálogo com Valério, que parecia completamente desestruturado.

Compreendendo a sua dor por ter perdido o filho em circunstâncias trágicas, e agora também apartado da esposa, que se encontrava enlouquecida, acerquei-me dele no intuito de encontrar uma maneira de poder ajudá-lo.

– Meu querido irmão, sei que a situação é bastante constrangedora, todavia... – engasguei-me, sem poder continuar.

– Sim, Alfredo – respondeu-me, desalentado –, além de constrangedora, é irreparável, pois já não tenho mais a convivência do filho e também da esposa.

– Mesmo assim – retruquei –, verificaremos o que pode ser feito. De minha parte, confio na proteção Divina, em favor dos nossos propósitos, para remediar a situação.

Capítulo 4

Socorro emergencial

Depois desses acontecimentos terríveis, a herdade tornou-se sombria e a ambiência psíquica bastante pesada. Corria à boca pequena que o espectro do velho Estênio aparecia, vez que outra, de punhos cerrados, pelos corredores do Solar, fazendo ameaças. Os serviçais, espavoridos, foram se demitindo. Nessas alturas dos acontecimentos, eu e minha família mudamos para o Solar, permanecendo somente conosco, além de Valério e Andréa, a governanta e duas senhoras mais antigas que cuidavam dos afazeres domésticos da casa. Premido pela necessidade de exorcizar o fantasma, que diziam ser de meu pai, busquei, mais uma vez, os recursos do Espiritismo, a fim de trazer um pouco mais de paz para os nossos familiares.

Orientado pelo experiente militante espírita Ernani, iniciaríamos, oportunamente, a feitura do Culto do Evangelho no Lar.

Foi assim que o meu interesse maior pelo Espiritismo foi despertado, e busquei convencer também os meus familiares.

Passei a frequentar um Centro Espírita, localizado num bairro próximo do Solar, participando das reuniões doutrinárias semanais, o que nos proporcionou relativa paz e um pouco de tranquilidade.

Depois de algum tempo, meu irmão, mais fortalecido, começou a visitar seguidamente a desditosa esposa, que era trazida de licença médica para casa nos períodos de relativa lucidez.

Nessas oportunidades, levávamos Clotilde ao Centro Espírita para receber os benefícios da fluidoterapia, até que, numa dessas ocasiões, aconteceu o inesperado: adveio-lhe violenta crise, sendo necessária a intervenção emergencial do responsável pelos trabalhos da Casa.

Com a ajuda de uma senhora que colaborava na aplicação dos passes, conduziram Clotilde a uma sala contígua, a fim de lhe ser prestado o socorro. Sendo seu cunhado, e mais experiente no trato com a espiritualidade, fui convidado para acompanhá-la, ali permanecendo em estado de oração. Confesso que, mesmo assim, fiquei assustado com o inusitado do acontecimento.

Clotilde blasfemava, com palavras desconexas, dando a impressão de que acusava a si própria, como se outra pessoa falasse por seu intermédio. Chamado às pressas, o senhor Ernani, a muito custo, dominou a situação. Aos poucos, ela foi ganhando cor, pois que empalidecera pela ação da crise violenta, e finalmente se recompôs.

Vale dizer que, durante esse episódio constrangedor, os trabalhos da Casa continuaram normalmente, sem solução de continuidade. Eu, que já detinha algum conhecimento, pude compreender de imediato o fenômeno ocorrido com a nossa pobre Clotilde.

Tratava-se de uma simbiose obsessiva indesejável.

Ao término da reunião, e talvez por demonstrar serenidade durante o transe da nossa desventurada irmã, Ernani convidou-me para participar, inicialmente como ouvinte, das sessões privativas do intercâmbio mediúnico da Casa.

Dois dias depois, expirado o período de licença, Clotilde retornou ao hospital para dar continuidade ao seu tratamento em condições mais adequadas.

Posteriormente, conversando com Valério a respeito daquele episódio desagradável, fui obrigado a confessar-lhe a situação constrangedora.

– Como você deve estar lembrado, fui convidado a acompanhar sua esposa até uma sala contígua, isolada do público, onde ela foi devidamente atendida, e notei que dirigia palavras acusatórias a si própria, ficando-me a impressão de que uma personalidade estranha falava por seu intermédio.

– Mas como pode ser isso? – aparteou Valério, espantado.

– O senhor Ernani confidenciou-me tratar-se, provavelmente, de um desafeto espiritual, conectado a ela pela mediunidade atormentada; resta agora saber o porquê dessa simbiose indesejável.

Valério arregalou os olhos e, assustado, perguntou:

– Será alguma bruxaria, encomendada para levar a minha desventurada esposa definitivamente à loucura?

– Não, não se trata disso. Precisamos pesquisar, com mais acuidade, a trama que existe por trás de tudo isso.

Prometi-lhe colher maiores informações com Ernani, tão logo me fosse possível, de vez que fui convidado a participar das reuniões privativas do intercâmbio mediúnico. Ali, nas vibrações a distância, o nome de Clotilde era sempre lembrado, até que, certa noite, comunicou-se um Espírito que se autodenominava seu desafeto do passado.

Pertinaz no seu propósito de vingança, não aceitava conversar com o dirigente dos trabalhos.

Todavia, com a sua fala mansa, Ernani foi envolvendo a entidade perturbadora até que, embora a contragosto, aceitou dialogar.

Essas conversas ainda se prolongaram, por um bom tempo, nas sessões subsequentes. Enquanto isso, além dos cuidados médicos indispensáveis, Clotilde continuou recebendo os recursos da fluidoterapia espírita a distância, até que finalmente teve alta médica do hospital, para a continuidade do tratamento domiciliar em regime ambulatorial.

Capítulo 5

Revelações de Benvinda

Certo dia, ao entardecer, eu me encontrava nas proximidades do jardim ornamentado por pequeno lago, tendo delicado chafariz ao centro. Serpenteado de pequenos arbustos de variadas cores, bancos recostáveis enfileiravam-se graciosamente em seu contorno, convidando-me a refletir; acomodei-me num deles e dei asas à imaginação.

Nesse mergulho introspectivo em mim mesmo, fui refletindo sobre tudo o que vinha acontecendo, inclusive a respeito do meu desligamento da Igreja, contrariando a vontade de meu pai.

Sentia-me, de certa forma, culpado pela tragédia que se abateu sobre nosso lar.

Nesse interregno, vi Benvinda, velha serviçal com quem sempre tinha prazer de conversar, aproximar-se sorridente; caminhando vagarosamente na minha direção, infundia-me serena paz e tranquilidade.

Após cruzar a extensão do jardim, convidei-a para que

se assentasse ao meu lado, ao que obedeceu timidamente, pois não era comum um diálogo mais íntimo entre patrão e empregado.

Percebendo o seu natural constrangimento, tomei a iniciativa da palavra e lhe perguntei:

– Dona Benvinda, durante esses anos todos de convivência conosco, você deve saber de muita coisa a respeito do que vem acontecendo por aqui, principalmente após a minha ausência e a viuvez do meu pai, recentemente falecido.

A fiel e dedicada servidora pensou, pensou e, esforçando-se para fazer aflorar da sua mente as recordações do passado, contou-me:

– Bem... Há muitos anos, depois da morte da sua mãe, seu pai teve um caso amoroso com uma das serviçais e, desse relacionamento, veio à luz uma robusta criança que, por determinação do patrão, tive a incumbência de educar. Homem adulto, mais tarde tornou-se o seu capataz...

– Tenório? – interrompi, estupefato.

– Sim, ele mesmo – respondeu sem titubear.

– E a mãe, por onde anda a mãe dele?

– Ah, coitada, logo após o nascimento da criança, desapareceu sem deixar vestígio, a não ser para mim, mas não sem antes me fazer algumas recomendações.

– E ninguém ficou sabendo do caso...?

— Seu pai, sob ameaça, pediu-me sigilo, pois temia ser descoberto e obrigado a adotar o filho bastardo.

— Quer dizer, então, que meu pai foi o mandante de três homicídios?

— De Tenório e de seu neto, tenho certeza, porém da serviçal não saberei informar.

A revelação surpreendente desconcertou-me.

Desejava saber algo mais; entretanto, a hora já ia avançada e compromissos outros nos aguardavam.

— Dona Benvinda, gostaria de conversar um pouco mais, todavia já são quase dezoito horas, e precisamos da sua coordenação nos serviços da cozinha para servir o jantar.

Naquela noite, não conseguia conciliar o sono, só pensando na atitude criminosa de meu pai.

Por que teria mandado matar Rafael, e pretendia eliminar também sua mãe?

Engolfado nessas reflexões, resolvi que, oportunamente, iria me valer de Benvinda para colher maiores informações que me levassem a desvendar esses mistérios.

A noite já ia alta, e eu precisava repousar.

O relógio apontava pouco mais de meia-noite quando, finalmente, adormeci.

Desprendido do corpo físico, flutuei no ar.

Identifiquei-me numa região tenebrosa do mundo espiritual, onde Espíritos sofredores pareciam ignorar a minha presença, tal o estado de alienação em que se encontravam. De repente, percebi que alguém se aproximava, vindo na minha direção. Identifiquei-o, de imediato, como sendo meu pai. Ensaiou falar alguma coisa, mas a sua voz, sufocada pela emoção, não saía. Não se dava conta de que eu era seu filho, mas sentia por mim uma forte atração. Talvez confundindo-me com algum mensageiro de passagem, expressou-se com dificuldade, com a voz entrecortada de dor:

– Por quem sois, enviado dos Céus? Por amor a Deus, levai-me deste lugar terrível, pois não suporto mais viver aqui. Desde algum tempo, não sei precisar quanto, estou a sofrer, confuso, sem saber para onde ir. Ouço gemidos e lamentos, que se misturam aos meus, vindos de toda direção. Oh, que coisa horrível! E ainda dizem que já morri. Quanta utopia, meu amigo, quanta utopia, acho mesmo que enlouqueci.

Quando meu pai se aproximou um pouco mais, ensaiando estender as mãos para tocar-me, a sua figura foi se desvanecendo até sumir.

Acordei sobressaltado e atribuí isso ao sonho desagradável, fruto de um terrível pesadelo.

Capítulo 6

Novo encontro

Nesse novo encontro, pedi à Benvinda que desse continuidade às suas intrigantes revelações. Desejava saber por que meu pai, inicialmente, havia poupado Tenório e desejado eliminar a sua mãe. A dedicada serviçal, após ouvir-me com atenção, falou:

– Marinalva, depois do relacionamento amoroso com seu pai, afastou-se preventivamente da sua convivência; antes, porém, ela me havia confidenciado o infausto acontecimento, tudo sob sigilo, pois temia pela sua morte e pela de seu filho, pedindo-me que somente revelasse o fato ao senhor Estênio após o nascimento da criança.

– Mas por quê? – indaguei, curioso.

– Detentor de temperamento agressivo, Marinalva acreditava que, ao tomar conhecimento da sua gravidez, ele poderia mandar eliminá-los.

– E por que, mais tarde, pediu que revelasse o fato ao

meu pai, já que mãe e filho estavam distantes e relativamente seguros?

– Preocupada com a educação e o futuro do filho, ela pediu-me que convencesse seu pai a adotá-lo, sob justificativa de acolher uma criança de pais ignorados.

– Mas por que, se ela temia pela morte dele?...

– Marinalva sabia disso e, por essa razão, usou de chantagem. Estando distante, em lugar incerto e não sabido, pediu-me que negociasse com seu pai em troca do silêncio.

– Mas ele não a pressionou para descobrir o paradeiro dela?

– Claro que sim, e foi aí que sugeri que cuidaria da criança, pois queria evitar tragédia maior. Coube então a mim, por sua sugestão, a adoção da criança que, ficando sob minha guarda, teria o seu respaldo até a maioridade.

– E quanto aos fatos mais recentes? A senhora sabe o motivo pelo qual ele mandou eliminar o neto e pretendia fazer o mesmo com a nora?

– Não, sobre isso tenho apenas suspeita.

– Que tipo de suspeita?

– Bem..., seu pai já havia feito o testamento de todos os seus bens e lavrado o documento em cartório. Mas, posteriormente, quando foi consumada a vinda da nora e do neto para residirem com a família neste Solar...

Por alguns instantes, a conclusão de Benvinda ficou no ar, para emendar logo em seguida.

– Como Valério já não podia mais ser deserdado, talvez por isso, num ato de loucura, tenha arquitetado esse plano diabólico para ver preservado o patrimônio da família...

– Meu Deus! Será crível tamanha loucura?

– Nas condições emocionais em que seu pai se encontrava, tudo era possível, sim. Vezes sem conta, eu o surpreendi no escritório remexendo a papelada. Resmungava baixinho, queixando-se dos negócios que não iam bem. O pequeno rebanho de gado leiteiro já não mais produzia a contento, face à quantidade crescente dos produtos industrializados, derivados do leite, que exigiam produção cada vez mais acentuada, fazendo com que as indústrias optassem pela busca de produtores com maior capacidade de fornecimento e a preço com o qual seu pai não conseguia competir. Embora nada disso possa justificar a sua atitude impensada, acredito que a situação tenha contribuído para levá-lo a praticar o delito.

Estarrecido com as novas revelações de Benvinda, agradeci à fiel servidora e recolhi-me ao interior do Solar.

Eu e Julieta, que acompanhávamos emocionados toda a narrativa de Alfredo, mal podíamos imaginar que também estaríamos inseridos no contexto final dessa história enigmática.

Capítulo 7

O Culto do Evangelho no Lar

A convite de Ernani, já desde algum tempo, estava frequentando as reuniões semanais de estudos, palestras e passes, e agora também a mediúnica, já não mais como ouvinte.

Ainda não havia convencido, totalmente, meus familiares a aderirem à prática espírita, a fim de receberem, com regularidade, os benefícios da fluidoterapia de que tanto necessitávamos; todavia, como já foi dito anteriormente, consegui despertar neles o interesse de participarem do Culto do Evangelho no Lar.

Ao marcarmos nossa primeira reunião, a expectativa era muito grande, principalmente de minha parte, que teria finalmente a oportunidade de trazer para dentro de casa as reflexões em torno do evangelho de Jesus. Sequiosos de esclarecimentos a respeito do assunto, foi Valério quem formulou o primeiro questionamento.

— Alfredo, gostaria que você nos fornecesse maiores

informações sobre essa prática tão recomendada nos meios espíritas.

– A reunião do Culto do Evangelho em família, meu irmão, é de capital importância para a harmonização, higienização e renovação da psicosfera do lar.

– E como se processa isso? – perguntou Andréa.

– Inicia-se com a leitura de um texto do *O Evangelho Segundo o Espiritismo*, que poderá ser sequencial ou ao acaso; os participantes deverão fazer ligeiro comentário unicamente sobre o tema que foi escolhido para a leitura; também deve ser evitado discutir outros assuntos, a fim de não desviar a finalidade do Culto e, posteriormente, fazer uma vibração, evocando a proteção dos bons Espíritos em favor do lar, dos participantes do grupo e dos Espíritos encarnados e desencarnados em estado de sofrimento. Em hipótese alguma o Culto deverá ser transformado numa reunião mediúnica, ou seja, não se deve permitir a manifestação de Espíritos, ainda que seja de Mentores sob a justificativa de orientar o grupo. E encerrar a reunião distribuindo a água fluidificada para os presentes.

Andréa, que parecia a mais interessada, continuou perguntando:

– Você se referiu à água fluidificada. Poderia esclarecer melhor esse assunto?

– A água, minha irmã, tem propriedades terapêuticas miraculosas. Aqui fazemos referência à água fluidificada, ou magnetizada, ou ainda energizada, que é tudo a mesma coisa, como sendo receptora da ação fluídica dos bons Espíritos, especializados na sua manipulação.

E, após esses esclarecimentos, preparamo-nos para a realização da primeira reunião do Culto do Evangelho no Lar, marcada para o início da noite.

Após o seu encerramento, tomamos chá com torradas, conversamos um pouco e fomos repousar.

Talvez os comentários e as reflexões sobre o tema da noite "Honrai a vosso pai e a vossa mãe", item "Piedade Filial" de *O Evangelho Segundo o Espiritismo*, cap. XIV, tenham me trazido de volta à lembrança aquele sonho com meu pai.

Pensando nisso, adormeci.

Sob o efeito de pesado sono, desprendi-me do corpo físico pelo fenômeno do desdobramento e, incontinenti, localizei-me na mesma região do astral onde se dera o nosso primeiro encontro.

A sensação estranha e de mal-estar era a mesma registrada anteriormente. E eis que ele se aproximou e, novamente com as mãos estendidas, tentou tocar-me.

Dessa vez, conseguiu segurá-las e, ao apertá-las, prorrompeu num choro convulsivo, e em seguida, sem ainda reconhecer-me, falou com a voz entrecortada de dor:

– Acusam-me, nesta região infernal, de assassino desapiedado por articular a morte do meu neto e também do capataz. Não sei quem é o senhor, mas gostaria que intercedesse em meu favor, pois as vozes que me incriminam ameaçam levar-me ao tribunal dos justiceiros do Além; não conhecem, além dessa, a minha história de vida, e me acusam de algoz desapiedado quando, em realidade, também fui vítima em existência passada.

– Como assim? – perguntei.

– Ah! Meu neto e minha desventurada nora... Bem que mereceram a sorte que tiveram.

Nesse curto espaço de tempo, fiquei imaginando o drama vivido por esses Espíritos em época ainda mais recuada.

Enquanto conjeturava, vi aproximar-se uma entidade espiritual envolta em suave claridade, que se identificou como Salústio, um dos vigilantes responsável pelo resgate de Espíritos dementados daquela região do astral.

Enquanto meu pai, aturdido, encontrava sérias dificuldades para libertar-se do cipoal das energias desgastantes, o Benfeitor segredou aos meus ouvidos:

– Seu pai ainda não está em condições de reconhecê-lo

sem sofrer distúrbio mental de grave porte. Tão logo seja possível, providenciaremos sua remoção deste local, para tratamento adequado.

Intrigado, perguntei:

— Como pode isso? Não ser reconhecido pelo meu próprio pai?

— Embora seu pai não possa identificá-lo de pronto como sendo seu filho, o fato é que a sua presença, mesmo em estado de desprendimento provocado pelo sono, exerce sobre ele atração afetiva muito forte. Essa iniciativa partiu do chefe da nossa equipe, que vê nessa providência a maneira mais prática e menos traumática de subtraí-lo, definitivamente, dessa furna de sofrimento inenarrável.

— Pelo que posso deduzir da sua explicação, vocês poderiam ter feito isso diretamente, sem a minha intermediação?

— Sim, é isso mesmo — esclareceu —, mas, nesse caso, embora desejasse sair daqui, ele poderia dificultar o resgate, por acreditar que seria levado a julgamento na presença do Tribunal a que já se referiu anteriormente. Entretanto, com a sua colaboração participativa, atuando como um polo magnético de atração, a providência será facilitada, como de fato já vem ocorrendo. Depois disso, ele será recambiado para um local de refazimento não longe daqui e submetido a tratamento especializado, a fim de se desfazer dos fluidos mais densos que o envolvem.

– Mas como se processa isso?

– Como alguém que sai do pântano enlameado, seu pai passará por um processo denominado "banho espiritual", para desvencilhar-se dos fluidos viscosos, impregnados na sua contextura perispiritual durante o tempo em que estagiou neste reduto de dor.

E, concluindo, Salústio arrematou:

– Desejo também informá-lo de que a sua colaboração nesse processo de resgate termina aqui, mas terá continuidade nas reuniões do intercâmbio mediúnico, quando acompanhará o desenrolar desse pungente drama vivenciado pelos demais protagonistas, o que inclui, obviamente, seu pai.

Capítulo 8

A manifestação do Espírito obsessor

Dando continuidade às nossas atividades do Culto, sempre reservávamos para o encerramento cerca de trinta minutos de avaliação e de troca de impressões finais. Valério, relembrando nossa conversa de tempos atrás, questionou:

– Qual a razão para se evitar a manifestação dos Espíritos no Culto do Evangelho no Lar? Até entendo que a comunicação dos obsessores e sofredores, de um modo geral, poderia perturbar a boa harmonia dos trabalhos, mas, em se tratando de Espíritos Familiares ou Benfeitores, creio que...

– Ainda assim – esclareci – a prática não é recomendada, pois correríamos o risco de criar um elo de dependência sem nenhum esforço para pensar. Tanto os bons quanto os maus pensamentos, recebemo-los pela via da inspiração, que é o canal que os Espíritos utilizam para nos influenciar; daí a recomendação de Jesus sobre o orai e vigiai[1].

---
[1] *O Livro dos Espíritos,* Livro II – Capítulo IX – Influência Oculta dos Espíritos sobre os nossos pensamentos e sobre as nossas ações, questão de nº 459 e seguintes.

Andréa, que se mantinha calada, apenas ouvindo nosso diálogo, resolveu perguntar:

– Pelo que pude depreender, é prudente que as comunicações se processem na intimidade do Centro Espírita, vedada ao público, em reuniões específicas criadas para essa finalidade?

– Pelo menos é a prática que se recomenda, porque, fora dele, quando o médium se encontra em desequilíbrio, poderá dar vazão à manifestação de Espíritos mistificadores, levando todo o grupo a equívocos irreparáveis.

Movida pelo interesse em conhecer os meandros de uma reunião mediúnica, Andréa perguntou:

– Será que poderíamos assistir a uma reunião dessa natureza, dirigida pelo senhor Ernani, do qual você tanto fala?

– Não sei, não sei. Oportunamente, falarei com ele a respeito e, quem sabe...

Naquela mesma semana, pouco antes do início dos trabalhos, conversei rapidamente com Ernani sobre a sugestão de minha irmã e, condescendentemente, ambos foram aceitos para participarem como ouvintes, já na próxima reunião.

Aquela noite estava reservada para grandes emoções.

Eram exatamente vinte horas quando o trabalho teve início.

Dentre os médiuns da Casa, Custódio era o que melhor se ajustava para receber os chamados Espíritos endurecidos, com propósitos de vingança. Entre gargalhadas sarcásticas e esgares faciais que o médium deixava transparecer no semblante transfigurado, manifestou-se uma entidade, vociferando palavras incriminatórias, supostamente referindo-se a Clotilde, sem nominá-la.

Apesar de já ter deixado o hospital, Clotilde continuava em acompanhamento e tratamento médico, com o diagnóstico de esquizofrenia, em regime ambulatorial. Em que pese a hostilidade do Espírito obsessor, mas com o intuito de amenizar o tom da sua fala desrespeitosa, Ernani desejou-lhe as boas-vindas, dando início ao diálogo esclarecedor.

O doutrinador, estrategicamente, deixou que o manifestante extravasasse toda sua ira e revolta incontidas, com o objetivo de colher informações que lhe pudessem facilitar o diálogo.

E, aproveitando-se de uma pausa mais demorada, em que o Espírito obsessor parecia ganhar fôlego, Ernani falou com um toque de fraternidade:

– Meu querido irmão, o seu depoimento é realmente comovedor, e não posso, em sã consciência, avaliar a extensão da sua dor, todavia devemos perdoar aqueles que nos fizeram o mal, porque assim nos recomendou Jesus...

Antes mesmo que ele avançasse nas suas considerações, o Espírito interrompeu-o grotescamente:

– Não me fale de Jesus! Não quero saber da sua doutrina de amor fracassada, que acabou por levá-lo à morte na cruz e, não bastasse isso, a maioria dos seus seguidores foram atirados às feras famintas nos circos romanos, levados ao poste do martírio e queimados vivos em horrendos espetáculos de dor.

O Espírito fez uma pequena pausa e, parecendo buscar no passado reminiscências adormecidas, continuou:

– Essa mulher a quem vocês protegem, hoje travestida de respeitável dama da sociedade, depois de destruir a minha família, mandou assassinar-me também, por eu ter me contrariado em satisfazer os caprichos dos seus propósitos inconfessáveis.

– Mas que propósitos foram esses, meu irmão? A pergunta não é por mera curiosidade, mas tem o objetivo de esclarecê-lo, para melhor poder ajudá-lo.

Visivelmente irritado com a pergunta, o Espírito retrucou, impertinente:

– E quem disse que preciso de ajuda? Pelo visto, percebo que não sabe quem ela foi no passado, não é mesmo?

Talvez seja por isso que a defenda com tanto ardor! Pois, então, vou lhe contar toda a história de horror arquitetada por essa facínora depravada.

Depois de silenciar por alguns instantes, voltou a considerar:

– Eu vivia com minha esposa, um filho e uma filha numa próspera fazenda, perto de movimentado centro urbano. Ali, trabalhava como administrador, cuja proprietária era uma jovem e encantadora mulher, mãe de dois filhos. Havia perdido recentemente o marido, acometido de estranha enfermidade, ficando precocemente viúva e, logo após a sua morte, passei a ser assediado por essa fascinante mulher. Confesso que, no início, senti por ela uma forte atração, mas como amava minha esposa e meus filhos, consegui resistir às suas investidas sedutoras. Porém, acostumada a ter tudo sob seus pés, não podia admitir ser preterida por um simples empregado, que se recusava a submeter-se aos seus apelos afetivos e, depois de alguns meses de tentativas infrutíferas, a minha esposa foi estranhamente assassinada.

Coincidentemente, após a sua morte, as investidas aumentaram. Todavia, a perda da minha mulher contribuiu para que eu me aproximasse ainda mais de nossos filhos. O tempo corria e a sedução aumentava. Comecei, então, a duvidar da sanidade da patroa e aventei a possibilidade de me afastar da fazenda, a fim de ter um pouco de paz, quando nova tragédia aconteceu. Meus dois filhos também foram misteriosamente assassinados. Decidi, então, sair furtivamente, quando fui capturado, torturado e também assassinado. No Além, depois de muito sofrimento, fiquei sabendo de toda a trama. De nada valeram os apelos de um dos seus filhos, que intercedia em meu favor. Enquanto Armando tentava demover a sua mãe do intento tresloucado, Otávio, amedrontado pela autoridade matriarcal, deu-lhe o seu apoio para que o ato criminoso fosse consumado, justificando-se ser ela quem estava sendo assediada. O Espírito atormentado fez uma pausa e gritou, alucinado:

– Morte à infeliz, morte à infeliz! Quero levá-la ao fogo da Geena, para os confins do inferno.

Enquanto o Espírito tomava fôlego, deixando o médium quase extenuado, Ernani aproveitou para esclarecer:

– Meu irmão, o seu drama é realmente comovedor; entretanto, gostaria de lembrar que, consoante a Justiça Divina, ninguém sofre por acaso. Não queremos, com isso, defender, e muito menos justificar, a atitude criminosa da nossa desventurada irmã. Por ora, deixe-a entregue ao Tribunal Divino, sem querer fazer justiça com as próprias mãos. A sede de vingança é um sentimento inesgotável que corrói a alma do agressor.

– Não, não lhe darei tréguas. Levá-la-ei à loucura, insuflando-lhe pensamentos de autodestruição. Quero tê-la comigo para esganá-la com as próprias mãos.

A essa altura do diálogo, Ernani resolveu conduzir a sua fala para a conclusão do atendimento, solicitando aos colaboradores do passe a aplicação de energias no médium. Energias que, por extensão, envolveram também o Espírito obsessor. Adormecido, foi retirado e levado pelos amigos espirituais.

Capítulo 9

A segunda manifestação do Espírito obsessor

A condescendência de Ernani permitiu que Andréa e Valério continuassem participando da reunião por mais algum tempo, já que eles estavam demonstrando interesse e aproveitamento das experiências colhidas nas comunicações. Assim, mais uma vez, a reunião teve início rigorosamente no horário convencionado. Ernani, como de costume, solicitou a leitura sequencial de pequenos trechos de *O Livro dos Espíritos*, de *O Livro dos Médiuns* e de *O Evangelho Segundo o Espiritismo*, após o que fez sentida prece e deu início aos trabalhos da noite. Não se passou muito tempo e as manifestações começaram. O trabalho transcorria calmo, com o atendimento dos Espíritos sofredores, até que, em dado momento, houve uma manifestação mais violenta.

– Eis que me encontro entre vocês novamente, embora a contragosto. O que desejam hoje de mim? Catequizar-me, mais uma vez, sobre a necessidade do perdão? Posso adiantar-lhes que será pura perda de tempo. Eu a levarei comigo para vingar-me do passado que não consigo esquecer. Vamos, diga logo o que tenho a fazer com essa mulher degenerada, além de induzi-la à morte pela autodestruição. Alguma solução para fazê-la resgatar mais depressa a sua dívida para comigo, da qual sou credor?

Embora continuasse centrado nos seus propósitos de vingança, o Espírito parecia, agora, mais propenso ao diálogo.

Aproveitando-se disso, já que ele se apresentava menos agressivo que da vez anterior, Ernani considerou:

– O intrincado problema, meu irmão, não é de fácil solução, bem o sei. De que ela é devedora do seu reconhecimento não temos a menor dúvida. Entretanto, ainda necessita de créditos espirituais, a fim de poder saldar a sua dívida para com você. A expiação dolorosa, a qual já vem sendo submetida, propiciará o reajuste da nossa irmã para, então, poder pagar o que lhe deve.

O Espírito interrompeu-o e falou, irritado:

– O quê? Deixar que ela se equilibre...

– Mas, meu irmão – retrucou Ernani, em tom conciliador –, levá-la à morte agora seria interromper o seu processo de expiação.

– E quem é que pode me garantir que, depois disso, ela ainda não se lembrará de mim senão como o mandante da morte do seu filho, esquecendo-se de que também sou seu credor?

Ao que Ernani considerou:

– O débito da nossa irmã, a princípio, parece-nos mais significativo do que o seu. Quando desencarnar, pelo processo natural da expiação, recobrará a consciência dos desatinos cometidos naquela existência passada e compreenderá a necessidade urgente de reparação. Quanto a você, meu irmão, tenha paciência e confie na Providência Divina, que enseja sempre às almas em litígio a oportunidade da reaproximação. Como todos nascemos sob o signo da esperança, essa senhora, provavelmente, veio junto à sua família para quitar o débito contraído naquela existência passada. O véu do esquecimento temporário, para os Espíritos que reencarnam, facilita a reaproximação entre vítima e algoz, oportunizando a reconciliação. No caso presente, o acolhimento dela, bem como do filho, despertaria na sua consciência culpada a necessidade urgente de quitação do débito em seu favor. Mas, infelizmente, meu querido irmão, você permitiu que o sentimento de ódio eclodisse em seu coração. Distraído pelas coisas do mundo, e pela falta do orai e vigiai, buscou avidamente os tesouros da Terra, esquecendo-se de Deus.

A essa altura, o Espírito, que já vinha sendo atendido paralelamente também pelo plano espiritual, foi se aquietando e finalmente adormeceu.

Capítulo 10

Heranças do passado

Terminada a reunião, retornamos para casa. Valério e Andréa ficaram impressionados com a comunicação, e meu irmão, já meio desconfiado, questionou Alfredo quanto à identidade do Espírito obsessor:

– Alfredo, não sei lhe dizer por que, mas senti algo de familiar naquela comunicação. Será crível que...

– O fato, meu irmão, é que também tive, desde a primeira comunicação, a mesma impressão e a curiosidade aguçada para saber de quem se tratava. Conversei demoradamente com Ernani, que sugeriu aguardarmos um pouco mais, informando que, talvez mais tarde, o próprio Espírito possa esclarecer melhor essa questão.

– E por que não os Benfeitores? – questionou Valério, com propriedade. – É sabido que eles já vêm acompanhando o caso desde algum tempo e, por essa razão, não poderiam...

– Sim, acredito que poderiam, e já fiz essa pergunta ao nosso Ernani.

– E o que ele disse?

– Seria possível sim, elucidou-me, todavia tal providência não teria o efeito esperado.

– Como assim, Alfredo?

– Ocorre, segundo me explicou Ernani, que o Espírito depoente, nesse caso, pela sua densidade vibratória, encontra-se mais apto a sintonizar-se com o médium e com o doutrinador encarnados, beneficiando-se do "choque anímico" facilitador do diálogo.

Valério contrapôs-se e perguntou:

– E quem poderá garantir que ele vai se dispor à mudança, cristalizado na revolta como se encontra?

– Mais cedo ou mais tarde – esclareci –, o Espírito calceta tende a capitular pelo impositivo da Lei do Progresso.

– Mas quanto tempo ainda levará para que isso aconteça? Aprendi que o livre-arbítrio é um atributo do Espírito; sendo assim, e se ele se decidir por permanecer no mal por tempo indeterminado? Como ficarão os que estão enleados no drama que ele próprio relatou? Permanecerão vinculados ao irmão que não se decidiu por perdoar?

– No caso presente, as ofensas foram recíprocas, nascendo daí um círculo vicioso que deverá ser interrompido. Entretanto, quem tomar a iniciativa de perdoar primeiro e se dispuser a reparar o mal já terá feito a sua parte e ascenderá mais depressa para um patamar superior, saindo da frequência do seu desafeto.

A conversa estava interessante, todavia a hora já ia adiantada e precisávamos repousar.

Na semana seguinte, talvez providencialmente, eu, Valério e Andréa não participaríamos da reunião.

Entretanto, a expectativa era enorme em torno do assunto, que não havia sido totalmente elucidado, provavelmente pela nossa presença naquela oportunidade, evitando-se constrangimentos familiares.

Segundo explicação de Ernani, o Espírito havia sido levado para receber tratamento adequado num hospital especializado do mundo espiritual.

A colaboração do grupo de trabalhadores intercedendo por ele, bem como por todos os Espíritos que aportaram à nossa reunião era a de tão somente prestar solidariedade e apoio no soerguimento de suas almas sofridas. Necessitavam, esses desventurados irmãos, inicialmente, desse contato mais direto conosco, por meio do que já denominamos "choque anímico", em função da densidade perispiritual de que estavam revestidos. Recolhidos pelas mãos caridosas dos Benfeitores Maiores, passariam, daí por diante, por um processo de reeducação espiritual, quando seriam levados a fazer uma retrospectiva das suas vidas pregressas.

Ernani informaria depois que, iniciada a reunião, como de costume, manifestaram-se alguns Espíritos sofredores e que, pouco antes do encerramento dos trabalhos, comunicou-se um Espírito identificando-se pelo nome de Cornélio. Desejava falar alguma coisa sobre o Espírito obsessor atendido na reunião passada, e assim lhe foi dada permissão para falar.

– Meus queridos irmãos, a paz de Jesus seja convosco! Peço-vos licença para fazer algumas revelações em torno do nosso pobre irmão Venâncio, acolhido generosamente por esta Casa e transferido posteriormente para o hospital da nossa Colônia Espiritual.

– Em verdade, essa era a identidade de Estênio naquela época recuada do passado distante em que trabalhava como Administrador na fazenda de Lucrécia, hoje reencarnada com o nome de Clotilde, sua nora rejeitada. Fernanda e Antonio, filhos de Venâncio, retornaram como Andréa e Valério, enquanto Otávio, filho de Lucrécia, renasceu como Rafael, filho de Clotilde, neto de Estênio, e finalmente Armando, o antigo defensor de Venâncio, reencarna como Alfredo, no lar de Estênio, para tentar a aproximação dessas almas conflitadas.

O Benfeitor fez uma pequena pausa para, em seguida, concluir:

– Vede, meus queridos irmãos, que caso entranhado. Todavia, a Misericórdia Divina utilizou-se do Instituto da Reencarnação para reaproximar essas almas em litígio, pois que todos renasceram, de certa forma, interligados, com o objetivo de alcançarem a necessária reconciliação. A Justiça Divina não prenuncia fracassos. Todos, seja em que circunstância for, e a despeito dos prognósticos da Astrologia, renascemos sob o signo da Esperança. Senhores do livre-arbítrio, alguns não souberam valorizar a ditosa experiência, a começar por Estênio, que poderia ter quebrado o ciclo doloroso das purgações se tivesse aplicado em si próprio os preceitos básicos das recomendações cristãs. Todavia, ainda assim, terão ensejo de se reconciliarem em reencarnação futura, conforme está sendo programada pelos Benfeitores Maiores. Doravante, esses irmãos ficarão sob a minha tutela, aguardando os que ficaram na retaguarda da existência carnal para uma futura reaproximação.

Depois de mais algumas considerações, despediu-se, desejando-nos votos de muita paz.

Fiquei estupefato com as revelações de Ernani, ao descrever o que se passara na reunião da qual não participáramos.

Depois desse relato, eu começava, finalmente, a

entender meu pai no processo de rejeição familiar, a começar por mim, estendendo-se também à sua nora Clotilde e ao neto Rafael.

Despedimo-nos, ficando o amigo de, oportunamente, elucidar-me, com maior clareza, sobre algumas questões que Cornélio havia mencionado.

O tempo corria célere!

Cinco anos já se haviam passado desde a última manifestação do querido Benfeitor.

A nossa vida familiar seguia o seu curso normal sem qualquer registro digno de nota, a não ser pelo fato de a minha cunhada apresentar sensível melhora com o tratamento espiritual, paralelamente aos cuidados médicos essenciais.

Eu e Julieta estávamos atônitos com a narrativa de Alfredo.

Dotado de sensibilidade mediúnica, ele provavelmente se valia da ambiência psíquica do local para colher as inspirações do Além, que fluíam com nitidez cristalina, tal era a riqueza de detalhes mencionados na sua descrição, muito embora estivesse repassando as informações colhidas junto ao querido Ernani.

Capítulo 11

No plano espiritual

Apesar de continuar frequentando as reuniões semanais do intercâmbio mediúnico, raramente obtínhamos notícias a respeito de meu pai, que se encontrava, agora, sob os cuidados de Cornélio no plano espiritual. As informações eram esporádicas, mas deixavam transparecer que o Benfeitor amigo estava preparando um reencontro entre Clotilde e meu pai, em estado de desdobramento. Essa providência se daria tão logo eles apresentassem condições para tal. Valério não se descuidava de levá-la semanalmente para a reunião de palestra e passes, além do compromisso assumido com o Culto do Evangelho no Lar. Ernani, além de excelente doutrinador, desdobrava-se com certa facilidade, o que propiciou, ultimamente, colher informações mais detalhadas a respeito da situação do meu genitor, diretamente do plano espiritual. Autorizado pelo Benfeitor amigo, Ernani ia me colocando, gradativamente, a par dos preparativos para esse encontro.

– Graças – elucidou-me com animação – à melhora considerável de Clotilde, os protagonistas, enovelados em pungente drama de hoje e também do passado, segundo informação de Cornélio, vêm facilitando os preparativos desse encontro memorável. Mas – considerou –, em que pese a dedicação do Benfeitor, não tem sido fácil convencer Estênio dessa reaproximação, até porque Clotilde também reluta em encará-lo, não só pela morte do filho, como também pela tentativa de assassiná-lo. Todavia, as aproximações vêm se amiudando, com prognósticos favoráveis.

O trabalho continuava ativo e ininterrupto até que Ernani me narrou que, certa noite, após as orações habituais, quando já se preparava para repousar, percebeu a aproximação de uma entidade que pressupunha ser meu pai.

– Tão logo adormeci – continuou informando –, e já em estado de desdobramento, divisei a figura veneranda do Espírito Cornélio, que o amparava. Meio cambaleante e confuso, seu pai gozava, naquele instante, de pouca lucidez, portanto sem as condições ideais para defrontar-se com Clotilde. Ele não conseguia me divisar com nitidez, embora registrasse a minha presença, como pude depreender em face da interrogação formulada ao Benfeitor. Apontando-me, perguntou:

– De quem se trata?

– É um amigo que ainda se encontra nas injunções da carne do mundo corporal e que veio colaborar conosco no desprendimento de Clotilde para o reencontro com você. E, dirigindo-se a mim, dando a impressão de que não podia perder mais tempo do que o necessário, falou:

– Ernani, aproveitemos o momento do sono físico para o desligamento parcial da nossa irmã.

E, dirigindo-se até o local onde Clotilde se encontrava adormecida, aplicou-lhe passes na região cortical, dando ensejo para que ela se desdobrasse e viesse juntar-se a nós, permanecendo jungida ao corpo físico, em repouso, apenas por um tênue cordão fluídico prateado, a exemplo do feto ligado à mãe pelo cordão umbilical.

Tão logo junto de nós, Clotilde deu mostras de que se encontrava mais confusa ainda do que seu pai.

– Onde estou? – balbuciou, assustada. – Quem são vocês, e o que querem de mim? Por acaso, desejam falar-me novamente sobre meu desalmado sogro?

Era de se supor que Clotilde ainda não registrava a presença de Estênio, pois que, envolvida fluidicamente por mim, não lhe era permitido, até então, a percepção visual do seu pai, embora ele pudesse acompanhar todo o desenrolar do diálogo que se apresentava promissor.

– É sobre ele, sim, minha querida irmã – esclareceu

Cornélio. – Gostaria que nos permitisse, em nome de Jesus, que nos ensinou a prática do perdão, trazê-lo até aqui para que vocês se perdoem, objetivando a reconciliação.

– Perdoar aquele facínora que mandou envenenar meu filho e arquitetou eliminar-me também? Não, mil vezes não.

– Mas você se esquece do grande mal que também lhe causou numa existência passada?

– Eu? Como assim? Não me lembro de nada, a não ser que tive a vida do meu filho brutalmente ceifada, a mando da sua autoridade demoníaca.

– Sim, sim, minha filha, compreendemos a sua dor e de maneira alguma estamos aqui para defendê-lo do equívoco praticado. Desejamos tão somente que você compreenda a necessidade do perdão para que também seja perdoada.

– Não, mil vezes não. Não o perdoarei.

Ante a relutância de Clotilde, o Benfeitor resolveu reavivar a sua memória. Espalmou as mãos na altura da sua cabeça, falando indutivamente:

– Minha irmã, recue no tempo e veja o que realizou naquela existência passada, quando, sob o nome de Lucrécia, destruiu a família de Venâncio...

A indução não durou muito tempo.

Em dado momento, Clotilde empalideceu e, num ataque de histeria gritou, desesperada:

– Não, não, essa não sou eu. Retire esse quadro horrível da minha frente. Isso é um ato de bruxaria. Por que encantos deseja me fazer crer que eu tenha mandado praticar tantos desatinos?

O choque foi tão grande, que não foi mais possível mantê-la sob nosso controle.

Espavorida, refugiou-se no corpo físico para escapar do confronto com a verdade.

Acostumado com as soluções rápidas, confesso que fiquei desapontado com o desfecho do diálogo, pois acreditava no sucesso pleno desse primeiro encontro.

Por sua vez, Estênio, que acompanhava à distância o interessante diálogo, ficou até certo ponto aliviado por não ter que se defrontar, naquele instante, com a nora perturbada.

– A fuga era previsível nesse primeiro encontro – falou o Benfeitor, satisfeito com o resultado, pois, no fundo, ela sabia ter sido a protagonista dessas atrocidades.

E, sinalizando com o encerramento desse primeiro encontro, falou com otimismo:

– Com as bênçãos de Jesus, tenho certeza de que, da próxima vez, teremos um desfecho mais favorável.

Cada vez que Alfredo concluía parte da sua história, eu e Julieta voltávamos para casa já com a expectativa de retorno, pois, conforme ele nos havia informado, o Solar facilitava a busca, na sua consciência adormecida, das reminiscências do passado.

Capítulo 12

O confronto

Ernani confidenciou-me que Cornélio estava preparando minha cunhada para o primeiro confronto com meu pai. Aproveitando-se dos momentos do sono físico, em parcial desdobramento, ela era submetida a operações magnéticas, para que se recordasse de alguns *flashes* do passado. Essas providências objetivavam atenuar a repulsa dela por meu pai, pois que ela também fora criminosa, o que dera ensejo para que ele, invigilante, desencadeasse os dramas do presente, calcados nas reminiscências do passado. Dando continuidade à narrativa, Ernani esclareceu-me:

– Depois de alguns dias de preparação mais demorada, Clotilde, em estado de desdobramento, lamentou-se com o Benfeitor:

– Mas não é possível que tudo isso tenha acontecido comigo. Talvez estivesse sob o assédio de uma grande loucura, provocada por uma desvairada paixão.

– Sim, minha cara irmã – redarguiu Cornélio, com

um toque de melancolia –, a falta de vigilância por força do egoísmo exacerbado fez com que pensasse exclusivamente em si, desconsiderando a felicidade a qual Venâncio tinha direito, bem como de seus familiares.

Segundo Ernani, o Benfeitor calou-se por alguns instantes, dando tempo para que ela refletisse um pouco mais, e arrematou em seguida:

– Quanto a Estênio, minha filha, se estivesse vigilante na oração, poderia, já nesta existência, ter evitado a tragédia e rompido com o círculo das retaliações. Entretanto, excessivamente apegado aos bens materiais e vendo-se na obrigação de partilhar a sua fortuna também com a nora e o neto, pelos quais não nutria simpatia, sucumbiu ante as reminiscências do seu subconsciente, como vítima do passado. Dessa forma, cabe a você a iniciativa de estender-lhe as mãos, uma vez que o seu comprometimento é maior, necessitando, mais do que ele próprio, buscar-lhe a dádiva do perdão.

Chorosa, Clotilde balbuciou:

– Agora posso compreender melhor a situação, todavia, como remediar tudo isso se ainda me encontro no mundo das formas e...

– Calma, calma, minha filha, vamos primeiro ao encontro de Estênio, que já se encontra, de certa forma, preparado para recebê-la, ficando para depois a concretização de um programa efetivo de reaproximação.

E, retomando a descrição das orientações de Cornélio sobre nossa irmã sofredora, no plano espiritual, Ernani voltou a informar:

– Pelo que pude depreender e consoante as observações do Benfeitor amigo, teremos o coroamento desse desfecho dentro de pouco tempo, com a aproximação futura dos envolvidos, em preparativos para uma nova encarnação.

Terminada a narração de Alfredo, eu e Julieta, no caminho de volta para casa, comentamos sobre a extensão do trabalho a cargo do Benfeitor, sem, contudo, imaginar que, futuramente, eu também seria convidado para participar, como coadjuvante, desse processo final de reaproximação.

Os dias passavam ligeiros e não obtive mais nenhuma notícia a respeito de meu pai.

Desde a minha participação, em estado de desdobramento, do seu resgate da região de sofrimento do mundo espiritual, somente a partir de agora, segundo fui informado, teria a oportunidade de reiniciar a minha colaboração no processo de reconciliação, com início previsto para logo mais.

Ernani havia informado que Clotilde vinha apresentando melhoras consideráveis no seu estado emocional, dando mostras de que o trabalho em desdobramento, elaborado pelo querido Benfeitor, estava surtindo o efeito desejado.

Foi assim que, certa noite, após as orações habituais, recolhi-me para repousar.

Tão logo adormeci, fui recebido por uma nobre entidade que, pelas descrições anteriores de Ernani, supus tratar-se do Espírito Cornélio. Estendendo-me as mãos, falou, com solicitude paternal:

– Alfredo, meu filho! Agora precisamos da sua ajuda para intermediar a reaproximação entre seu genitor e sua cunhada, fazendo-se necessário relembrar-lhe que, já na existência passada, você tentou atenuar os desmandos de Lucrécia, então sua mãe, em favor de Venâncio, até há pouco na indumentária de Estênio, seu pai.

– Mas, então, por que fui deserdado e...

– Não se precipite, mais tarde receberá explicações mais detalhadas desse episódio desagradável. No momento, procure apenas colaborar conosco, pois a sua intermediação no processo de soerguimento dessas almas decaídas é de primacial importância para todos nós.

Não sei dizer por quanto tempo ainda permaneci ao lado do querido Benfeitor.

Somente me recordo de ter sido levado a uma espécie de abrigo, onde entidades, à semelhança dos serviços de enfermagem dos nossos hospitais, circulavam apressadas no afã de dar conta das tarefas a seu cargo.

De repente, deparei-me com meu pai estreitado nos braços da sua esposa, aquela que fora minha doce mãe na existência atual.

Ao que pude perceber, ela dava-lhe guarida e sustentabilidade na preparação do encontro programado para logo mais.

Mais tarde, fui informado de que a vinculação entre os Espíritos não se limita unicamente aos laços de família, pela consanguinidade matrimonial.

Aproximei-me respeitosamente daquela cena comovedora e, tão logo fui avistado por meu pai, sentimo-nos reciprocamente atraídos por uma indescritível emoção.

Seria possível dizer, inclusive, que ele já estava adrede preparado para receber a minha visita, porque, tomando a iniciativa da palavra, assim se pronunciou:

– Perdoe-me, filho. Como vê, a morte não é sinônimo de destruição ou aniquilamento. Muito pelo contrário, ela me fez ficar frente a frente com a realidade da vida, que não cessa com a morte do corpo físico. Quando aportei a este mundo, ainda estava sob o efeito dos sentidos materiais que, somente aos poucos, foi cedendo lugar à readaptação necessária na nova morada do mundo espiritual. Estava enceguecido pela predominância do "eu", imaginando que o mundo fora feito exclusivamente para a satisfação dos meus interesses materiais. Perdi a grande oportunidade de alcançar a vitória na existência finda; primeiro, quando o deserdei e, depois, mandando eliminar Rafael e Tenório, praticando outros desmandos mais.

Nesse ponto da narrativa, meu pai não pôde mais continuar.

Tomado por uma crise de choro, foi socorrido e consolado por minha mãe. Sem saber o que dizer, nem o que fazer, constrangido, enderecei o olhar ao querido Benfeitor.

Percebendo o meu aturdimento, tomou-me delicadamente pelas mãos e conduziu-me a um gabinete próximo do local onde nos encontrávamos.

Era um ambiente diferenciado pelas vibrações acolhedoras de muita paz. Após indicar um assento próximo ao seu, convidou-me a sentar. Acomodei-me confortavelmente e, intrigado, esperei que ele falasse. Esparramou as mãos sobre os braços da poltrona, dando a impressão de relaxamento, olhou fixamente para os meus olhos e falou, com solicitude:

– Antes de tudo, Alfredo, desejo acalmá-lo quanto

aos cuidados com o corpo físico em estado de repouso. Se você for despertado por algum motivo, o nosso diálogo obviamente será interrompido sem prejuízo do seu conteúdo, pois ele ficará gravado nos arquivos da sua consciência para ser retomado em outra ocasião. Aliás, não pretendo, pela exiguidade de tempo, repassar todas as informações nesse nosso primeiro encontro.

Dando-me a impressão de que desejava se concentrar em algum ponto distante dali, retomou a palavra e, com a voz pausada e mansa, fez-me a seguinte revelação:

– Relembrando-o, mais uma vez, desejo informar que Armando era o seu nome naquela existência passada e que, com Otávio, vivia numa herdade bastante próspera, em companhia de sua mãe. Com a morte do seu pai, ela, ainda jovem, passou a administrar os negócios da fazenda, mas não soube conter a fogosidade dos seus anseios de mulher. Apaixonou-se pelo administrador, homem casado e pai de dois filhos, uma mulher e um homem. Mas, infelizmente para o seu capricho de mulher enamorada, não foi correspondida como pretendia. Transtornada pelo ódio de ter sido preterida por um simples empregado, mandou eliminar primeiro a esposa, de forma a não levantar suspeita sobre sua pessoa, na ilusão de que a viuvez do administrador pudesse facilitar a sua aproximação. Como não logrou alcançar o seu intento, mandou "despachar" também os seus filhos, ainda na esperança de vê-lo moralmente fragilizado. Com esse último e desesperado ato, pretendia quedá-lo definitivamente aos seus encantos de mulher apaixonada. Embora intencionasse dissuadir os que desconfiassem da sua atitude desvairada, o fato é que o segredo não pôde ser mantido por muito tempo. Venâncio começou a duvidar da sanidade mental da sua patroa e, amedrontado, planejou evadir-se da fazenda. A essa altura, você já tinha sido informado, por um colono de confiança, sobre os planos maquiavélicos da sua desventurada mãe. Foi quando tentou, com Otávio, dissuadi-la de ser a mandante de mais esse ato criminoso contra o pobre coitado.

– Mas sob que justificativa minha mãe...

Antes, porém, que eu concluísse, Cornélio aparteou, esclarecendo:

– Ela forjou uma calúnia, alegando que, desde a sua viuvez, vinha sendo assediada pelo atrevido administrador. Mesmo assim, você persistiu em dissuadi-la do intento odioso, sugerindo que apenas o dispensasse dos serviços da fazenda. Todavia, ela contrapôs-se energicamente, dizendo-se humilhada, e Otávio, diante disso, teve seus ânimos arrefecidos e recuou amedrontado, em face do impositivo da sua mãe.

A essa altura da narrativa, o Benfeitor fez, propositadamente, uma pausa mais demorada, esperando que eu perguntasse alguma coisa, e eu, não me fazendo de rogado, perquiri-o:

– E, depois de tudo isso, por que renasci como filho de Estênio, e ainda fui deserdado?

– Calma, a resposta da sua pergunta virá em nosso próximo encontro. Até lá, vá se preparando, no cadinho das experiências físicas, para outras tantas revelações, igualmente relevantes.

Despertei meio confuso, recordando apenas que conversei com um Espírito amigo, do qual não conseguia recordar-me com lucidez. Depois desse acontecimento, na primeira oportunidade em que me encontrei com Ernani, falei sobre o assunto, buscando esclarecimentos, pois a experiência tinha sido inusitada para mim.

Ernani, que não era afeito à interpretação de sonhos, que, na realidade, fora um desdobramento, cautelosamente me sugeriu que apenas orasse e aguardasse um pouco mais.

Capítulo 13

Em preparativos para o segundo confronto

O tempo passava e eu precisava controlar-me, uma vez que estava ansioso para saber, com clareza, qual seria a minha participação nos serviços de desdobramento, anunciado pelo plano espiritual. Na realidade, desejava, de alguma forma, ser útil na prestação de serviços em favor do próximo, fosse ele encarnado ou desencarnado. Os estudos da Doutrina Espírita me impeliam à prática da caridade. Foi quando me lembrei das recomendações do Espírito André Luiz: "Quando o trabalhador está pronto, o serviço aparece". A partir daí, dediquei-me com mais afinco às atividades assistenciais da nossa Instituição e procurei trabalhar melhor o meu relacionamento com a minha cunhada. Com o tratamento médico convencional, aliado aos recursos da fluidoterapia espírita, Clotilde vinha apresentando melhoras consideráveis, com prognósticos animadores. Já bastante familiarizado com o atendimento fraterno à luz do Evangelho de Jesus, atendia aos que chegavam à nossa Instituição, portadores de distúrbios psíquico-espirituais, por conta dos casos patentes de obsessão. Procurei aplicar a mesma técnica no tratamento de Clotilde, pois ela fazia parte da "clientela" que, semanalmente, acorria ao nosso Centro em busca do socorro espiritual. Vale acrescentar que minha cunhada ainda alimentava ressentimentos contra meu pai, embora ele já tivesse desencarnado. Trabalhei muito a necessidade do perdão, condição essencial para mantermos a paz íntima na busca da felicidade relativa que a Terra sempre pode oferecer aos que pretendem renovar-se na pauta dos ensinamentos cristãos. Com o passar do tempo, a sua aversão por meu genitor diminuía gradativamente, embora, às vezes, clamasse desesperada:

– Ó meu Deus, dai-me forças...

E, com a voz embargada, que a impedia de continuar, dava vazão às lágrimas que não conseguia conter; era sempre assim.

Aproveitando-me dessas oportunidades, sempre lhe dizia:

– Realmente não me cabe mensurar a extensão da sua dor. Todavia, devemos confiar na Justiça Divina.

Ao que contrapunha, amargurada:

– Com isso, você está querendo dizer que a morte do meu filho foi justa?

– Obviamente que não, minha irmã, pelo menos no que diz respeito à nossa visão existencial do presente. Todavia, se remontarmos ao passado, talvez encontremos ali as nascentes da tragédia que infelicitou o seu lar. *O Evangelho Segundo o Espiritismo* nos fala das causas atuais e anteriores das aflições, e no caso de não encontrarmos nenhuma causa presente, há mesmo que remontarmos ao passado, sem o que Deus estaria desprovido dos seus atributos de justiça, amor e bondade.

– E por que não tenho acesso ao passado? Não seria mais justo saber o que fiz, até para avaliar melhor o que devo fazer no presente?

Faço aqui um parêntese para esclarecer que Clotilde, como Espírito encarnado, não podia se lembrar, com nitidez, do episódio ocorrido em estado de desdobramento, narrado por Ernani, quando Cornélio, sob indução hipnótica, fê-la regredir ao passado, a fim de que se recordasse das atrocidades cometidas.

– Não, não, a coisa não é bem assim. O esquecimento do passado, enquanto encarnados, tem a finalidade de nos preservar da lembrança de uma possível experiência fracassada, que poderia desestabilizar o nosso emocional no presente. De outra forma, como conviveríamos conscientemente, sob o mesmo teto, com nossos adversários de antanho? Todavia, em obediência à Lei de Causa e Efeito, a Misericórdia Divina, pelo Instituto da Reencarnação, aproxima-nos, pelos laços da consanguinidade, dos nossos desafetos, para que, na vivência do dia a dia, fomentemos o cultivo da paciência, da tolerância recíproca e, até mesmo, do perdão. Reconciliai-vos enquanto estiverdes com ele a caminho, recomendou Jesus.

– Significa, então, que eu e Estênio...

– Sim, tudo leva a crer que vocês tiveram uma forte vinculação no passado.

– Mas por que a tragédia que a todos nos acometeu?

– Provavelmente pela invigilância de ambos, particularmente de meu pai, que não soube aproveitar o momento atual para frear a sua impulsividade agressiva, emersa do passado. É por essa razão que devemos orar por ele, e peço também a sua colaboração para isso. Deve estar arrependido e sofrendo muito pelo seu ato de irreflexão.

Clotilde pareceu meditar um pouco mais e, dando mostras de que havia absorvido algo do nosso diálogo, arrematou com uma frase que me despertou esperança:

– Que Deus nos abençoe e que a Sua Vontade seja feita, para a felicidade futura de todos nós.

Desde então, nossos diálogos se estreitaram cada vez mais. Sistematicamente, após as reuniões do Culto do Evangelho no Lar, trocávamos impressões sobre as lições consoladoras do Evangelho de Jesus, à luz da veneranda Doutrina Espírita. Nessas oportunidades, quase sempre vinha à baila a situação dos Espíritos que retornaram para o Além, e foi numa dessas ocasiões que Clotilde me interpelou quanto às notícias sobre meu pai.

– Pelo que temos aprendido sobre a sobrevivência da alma, como estará ele no plano espiritual? Depois de arquitetar o plano que roubou a vida de meu filho, creio que sua situação não deve ser lá muito boa, embora eu também tenha contribuído com a sua morte, tentando apunhalá-lo.

A indagação, pelo que pude depreender, deixava transparecer um misto de melancolia e piedade. Primeiro, pela lembrança da morte do filho querido, do qual não conseguia se esquecer por um único minuto e, segundo, pelas circunstâncias que resultaram na desencarnação de meu pai.

– É verdade – respondi, pesaroso. – De minha parte, tenho orado muito por ambos. Quanto a meu pai, peço a Deus que se apiede de sua alma contrita. Pelo que sei, segundo Ernani me falou, o arrependimento sincero teve o poder de abrir as portas do seu coração, e ele já aventa com a possibilidade de reparar a falta cometida, e deseja também que você lhe conceda a dádiva do perdão.

Clotilde mudou a expressão fisionômica e falou, mais aliviada:

— As bênçãos do aprendizado espírita vêm contribuindo, pelo menos no meu caso, para superar as lembranças daquele episódio desagradável. Hoje, embora ainda sofra com a morte de meu filho, agradeço a Deus por não ter consumado o ato criminoso.

E, sem poder continuar, tomada de forte emoção, começou a chorar.

A partir daí, teve início uma nova era, que acabaria por envolver e agrupar os protagonistas dos pungentes dramas do passado.

Capítulo 14

O terceiro confronto

Os dias eram contados na ampulheta do tempo, e passavam céleres, deixando no coração de todos nós um misto de ansiedade e esperanças. A nossa frequência nas reuniões de estudos doutrinários prosseguia ininterrupta. Por minha vez, não abdicava um dia sequer de participar dos trabalhos de intercâmbio mediúnico presididos por Ernani. A minha mediunidade, particularmente no que dizia respeito ao fenômeno de desdobramento, vinha ganhando progressos expressivos. O querido irmão, sempre que possível, esclarecia-me quanto à responsabilidade e aos cuidados no exercício dessa prática mediúnica, orientando e advertindo-me quanto à necessidade de vigilância e oração na vivência do dia a dia. Seguia rigorosamente as instruções do querido companheiro, todavia, as minhas atividades no plano espiritual, sem motivo aparente, diminuíram. Recordava-me apenas de alguns sonhos esporádicos, sem muita significância para que pudesse relacioná-los com os fenômenos vividos até então. Embora intrigado, já estava me acostumando com a situação, quando resolvi procurar Ernani. Vivia preocupado com a possível suspensão, ou mesmo perda, da mediunidade que eu tanto prezava. Em que pese reconhecer as minhas limitações, contava com ela como ferramenta de trabalho em prol da causa espírita, em favor dos semelhantes. Depois de ouvir-me atentamente, esclareceu com bondade:

– Meu querido Alfredo! Não se apoquente quanto à ausência dos fenômenos que, por certo, está sob controle dos nossos Benfeitores Espirituais. Até onde estou informado, Cornélio vem trabalhando em favor de seu pai, que tem demonstrado arrependimento e aventado com a possibilidade de reparação. Os diálogos que vem entabulando com Clotilde, sobre a sobrevivência e a realidade do mundo espiritual, muito contribuirão para um desfecho favorável no processo da reconciliação.

As explicações de Ernani trouxeram-me novo alento e relativa tranquilidade. Passei, então, a observar e a acompanhar mais atentamente o comportamento de Clotilde, que se apresentava mais calma com o passar do tempo, favorecendo o encontro, em estado de desdobramento, com meu pai.

A minha intuição foi confirmada, porque Cornélio, numa de suas comunicações com o nosso grupo do intercâmbio mediúnico, sinalizou a possibilidade de um novo encontro entre ela e meu genitor. Até então, não poderia imaginar que eu também participaria dessa memorável reaproximação. A rotina das reuniões seguia o seu curso natural e já havia se passado quase um ano quando, numa noite, cansado das atividades do dia a dia, recolhi-me mais cedo para repousar. Sem abdicar da leitura espírita, que costumeiramente fazia antes de orar, fui acometido de uma sonolência incontrolável, uma espécie de torpor, levando-me ao sono profundo quase que de imediato. Dessa vez, não saberei descrever com nitidez como se deu o desdobramento, pois "despertei" no mundo espiritual, amparado por um Espírito cuja identidade não me foi possível atestar rapidamente. Saudou-me gentilmente em nome de Cornélio e, com um sorriso afável, falou em seguida:

– Nosso Benfeitor designou-me para levá-lo próximo daqui, onde o aguarda para um encontro de logo mais.

– Mas do que se trata? – indaguei, intrigado.

– Logo saberá. Sigamos.

O trajeto não foi demorado e, depois de vencermos pequena distância, que não pude precisar, chegamos a um local onde a psicosfera ambiente contrastava com a do caminho deixado para trás. Era uma espécie de teatro ao ar livre, coberto por delicadas trepadeiras multicoloridas e circundado por frondosas árvores, nas quais os pássaros, supunha, vinham fazer a sua morada. A quietude da noite somente era quebrada, vez que outra, pelo piado dos pássaros notívagos, sem, entretanto, empanar a beleza da vida noturna, emoldurada pelo faiscar das estrelas distantes, quais gemas brilhantes engastadas no céu do firmamento. Integrado no contato direto com a natureza, tinha a sensação de rejuvenescimento, em face da distância do meu corpo físico, do qual me encontrava parcialmente desligado. Enquanto aguardava a chegada de Cornélio, aproveitei para orar silenciosamente. De mim para comigo mesmo, rogava a Deus abençoasse o meu anseio de poder ajudar, fosse no que fosse, a minha desventurada cunhada e meu infelicitado pai. Não sei por quanto tempo permaneci ali em estado de reflexão, até que fui tocado no ombro esquerdo pelas mãos suaves do Benfeitor.

– Alfredo, meu filho! Precisamos iniciar hoje o processo de reaproximação entre Clotilde e seu pai. Antes, porém, preciso relembrar, mais uma vez, a sua ligação no passado com essas almas conflitadas. Clotilde, como você já sabe, outrora sua mãe, foi quem possibilitou, pela invigilância de seu pai, todo o processo desencadeador da tragédia atual.

Enquanto ele falava, ouvia novamente toda a história, agora contada em detalhes, como se assistisse a uma película cinematográfica na minha tela mental.

O Benfeitor silenciou por alguns instantes, dando-me tempo para digerir as informações e, retomando a sua narrativa, concluiu com bondade:

– Agora já sabe que, naquela existência, você tentou dissuadir sua mãe da eliminação do administrador. Embora não tenha obtido êxito, isso lhe valeu, em parte, a simpatia de Estênio para aceitá-lo na composição da sua prole, como seu filho na existência atual.

– Mas, então, por que fui deserdado...?

– Estênio trazia, nos arquivos da alma, as lembranças passadas da tragédia que o vitimou. Sendo filho da sua patroa, ele nutria, no inconsciente, certa relutância para admiti-lo como um dos seus herdeiros naturais. O fato de forçar-lhe o ingresso no seminário, para fazê-lo padre, tinha por objetivo justificar-se perante Deus para distanciá-lo da sua convivência familiar. Quanto à decisão em deserdá-lo, foi motivada, a princípio, por desobedecê-lo e também pelo temor de ter que aceitá-lo de volta, em companhia de uma mulher. Provavelmente, em outras circunstâncias, ele teria suportado a desobediência do filho rebelde, mas o passado reagiu no presente e...

Cornélio fez uma pequena pausa e concluiu, talvez com o intuito de alentar-me:

– Ainda assim, resignado, você nada exigiu, em que pese a truculência de seu pai. Consorciando-se com seu irmão, Clotilde teve a chance, bem como seu pai, de reconciliação na existência atual. O seu empenho no resgate do casamento entre Clotilde e Valério e a sua intercessão para que todos viessem morar no Brasil, sob o abrigo do mesmo lar, tinha como objetivo, embora inconscientemente, a necessidade de reaproximação dessas almas conflitadas no passado.

Nesse momento, não me contive e perguntei:

– Considerando a morte de Rafael em circunstâncias trágicas, como também a tentativa de mandar eliminar Clotilde, não seria o caso da aplicabilidade da Pena de Talião?

Sem me deixar concluir, e porque o tempo escasseava, impelindo-me à necessidade de retornar ao corpo físico, ele arrematou:

– Não é bem assim, meu filho. Lembra-se do "escândalo" mencionado por Jesus? "Ai do mundo por causa dos escândalos! É necessário que haja escândalos, mas ai do homem pelo qual o escândalo venha"[1]. Pois bem – continuou –, seu pai tinha tudo para superar o trauma do passado com a sua ajuda, embasada na experiência de ex-sacerdote da Igreja Católica, fé que ele também nutria, mas que infelizmente não praticava. Além do mais, a presença e a inocência do netinho deveriam despertar sentimentos de ternura no seu caráter irascível. Por sua vez, Lucrécia, reencarnando na indumentária de Clotilde, tinha maior compromisso nesse

---

[1] Mateus 18:7

processo de reconciliação pelos desmandos outrora praticados, ceifando a vida da família inteira de Venâncio, nosso Estênio atual. Agora, aos poucos, conscientizada e preparada aqui no plano espiritual, e também graças ao conhecimento espírita, acredito que teremos êxito nesse novo encontro.

Pelo que pude perceber, a hora já ia avançada, porque Cornélio interrompeu o nosso diálogo, dando a entender que, por aquela noite, o assunto estava encerrado. E conduziu-me de volta, justapondo-me delicadamente junto ao vaso físico carnal.

Capítulo 15

O confronto final

Desta vez, despertei do sono, que me levara em desdobramento ao mundo espiritual, guardando quase nítida lembrança do diálogo encetado. Dessa forma, nos dias que se sucederam, procurei conversar mais demoradamente com Clotilde sobre a necessidade do perdão, virtude do amor, com a qual poderemos cobrir uma multidão de pecados[1]. Obviamente, não me referi ao diálogo com o Espírito Cornélio, que estava preparando nosso encontro com meu pai.

Nossos colóquios se davam sempre após o Culto do Evangelho no Lar, momento propício para entabularmos conversações a respeito da tragédia que enlutou a nossa vida.

Numa dessas ocasiões, minha cunhada, embora ainda guardando resquícios de ressentimentos, mas que, aos poucos, iam se dissipando pelas recomendações dos ensina-

---
[1] 1 Pedro 4:8

mentos do Evangelho de Jesus, clarificados à luz da Doutrina Espírita, falou-me:

– Tenho me esforçado muito para atenuar a lembrança do episódio constrangedor com o envolvimento da morte de seu pai. Já faz certo tempo que ele se foi, mas quem sabe um dia, talvez numa próxima reencarnação...?

E, aproveitando-me de uma pausa interrogativa de Clotilde, falei logo em seguida:

– Sim, embora meu pai já tenha partido, o fato é que podemos reencontrá-lo no plano espiritual, com vistas à preparação para um futuro recomeço.

– Até gostaria que fosse assim – respondeu-me –, mas... será que teríamos forças suficientes para um encontro dessa natureza?

Percebi, então, que estava chegando a hora do nosso reencontro, anunciado pelo Benfeitor.

Naquele dia chovia muito!

Cheguei das atividades do Centro Espírita quase encharcado. Tomei um rápido banho e alimentei-me com frugalidade. Acomodei-me no sofá e dei asas à imaginação. Recordei-me do diálogo entabulado com o bondoso Cornélio, que já nos estava preparando, por certo, para o encontro anunciado. Depois de algum tempo de meditação, resolvi recolher-me. Como de hábito, folheei o *O Evangelho Segundo o Espiritismo* e, deliberadamente, procurei o Capítulo XXVII, item 18, sobre "Da prece pelos mortos e pelos Espíritos sofredores".

Após meditar sobre o assunto, como se já estivesse em preparativos para o desdobramento que ocorreria logo mais, senti forte sonolência, orei e adormeci.

Já no limiar do etéreo, fui recebido pelo mesmo mensageiro que me acolhera da vez anterior. Ele, tomando-me pelas mãos, conduziu-me lentamente à presença do Benfeitor. Cornélio já me aguardava junto a uma sala contígua, feericamente iluminada, dando-me a impressão de estar imantada de magnetismo tonificante, porque ali eu me sentia plenificado, qual o viandante ao término de uma longa jornada.

Mais tarde, fui informado de que, nas duas vezes em que ali me apresentei, não tivesse o amparo do Mensageiro, dificilmente caminharia com desenvoltura naquela região do astral. A densidade do meu perispírito, em face do seu "peso específico", por ainda estar preso aos liames carnais, dificultava-me a deambulação em condições ideais.

Enquanto desfrutava do conforto, acomodado junto a um pequeno divã, Cornélio deu entrada no recinto.

Aproximou-se sorridente, falando em seguida:

– Meu filho! Finalmente chegou o momento tão esperado. Estou confiante no desfecho desse encontro e acredito que iniciaremos, a partir de hoje, a reconciliação tão aguardada por todos nós. Antes de trazermos seu pai, buscaremos Clotilde, a fim de prepará-la convenientemente.

E, com a mão esquerda, fez sinal para que o mesmo colaborador que me trouxera até ali adentrasse no recinto, conduzindo minha cunhada pelas mãos.

A surpresa e a emoção recíprocas foram muito grandes.

Percebi que agora ela estava em condições para encarar o momento, porque, olhando para mim, falou sem rodeios:

– Onde está seu pai?

Tomado de surpresa pelo questionamento intempestivo, nada respondi. Percebendo-me o natural constrangimento, foi Cornélio quem veio em meu socorro, falando com presteza:

– Fique tranquila, minha filha, pois Estênio está a caminho. Antes, porém, é preciso saber que o nosso irmão precisa muito mais da sua complacência do que você da dele, pois, no drama que vem se arrastando, com raízes no passado, ele é o maior credor e, por isso mesmo, poderá evocar para si a postura de vítima, embora seja, no presente, o mandante do crime perpetrado.

– Sim, eu sei que isso poderá acontecer, pois a lembrança daquela existência malfadada não se apagará tão cedo da minha memória.

E, num lamento, como que clamando por socorro, arrematou:

– Como fazer? Como poderei ser ajudada caso os prognósticos se concretizem?

– Contaremos com a ajuda de Alfredo – interveio Cornélio.

Surpreso, agora foi a minha vez de falar:

– Como assim, eu?...

– Sim, meu filho, você, e logo saberá o porquê.

– Mas...

Percebendo-me a inquietação, Cornélio não me deixou concluir.

– Não se agaste quanto ao desfecho desse encontro. Confiemos na Providência Divina, façamos a nossa parte, e que Jesus nos ampare em nossos propósitos de ajudá-los.

Dito isto, o Benfeitor sinalizou para que trouxessem meu pai.

A expectativa era geral.

Ao adentrar no recinto, onde já nos encontrávamos com a presença de Clotilde, ambos empalideceram. Cornélio, sem dizer palavra, tomou-os pelas mãos e, aproximando-os junto a si, de forma a transmitir o seu magnetismo impregnado de energias pacificadoras, falou com brandura:

– Meus filhos, é chegada a hora da reconciliação. Não posterguem, por mais tempo, essa oportunidade preciosa que a Misericórdia Divina lhes concede, pois o tempo urge e necessário se faz retomar, sem detença, o caminho de volta para Deus.

Percebi que, enquanto Cornélio falava, chispas luminosas saíam do seu tórax em direção aos assistidos. Ambos as absorviam avidamente, sem que pudessem visualizar esse fenômeno singular que emanava do Benfeitor. Seus olhos adquiriram novo brilho, parecendo divisar ao longe o porto seguro da salvação.

Depois de observar a reação emocional dos seus tutelados, Cornélio voltou a considerar:

– Contamos aqui com o nosso querido Alfredo, que teve a missão de ajudá-los desde o início. Labutou o quanto pôde e continua perseverante nesse propósito, também aqui no mundo espiritual.

E, dirigindo-se ao meu pai, falou com energia:

– É importante que você nos auxilie a ajudar Clotilde. Hoje, graças à compreensão adquirida pelas explicações do Evangelho de Jesus, do tratamento alternativo da fluidoterapia espírita e também dos cuidados médicos essenciais, nossa irmã continuará no corpo físico por mais algum tempo ainda, recuperando-se da loucura que a acometeu, provocada pela tentativa frustrada de vingar-se do nosso irmão.

Eu permanecia calado, ouvindo, com muita atenção, as suas judiciosas considerações. Não sabia precisar, até então, que tipo de colaboração poderia prestar no processo de reconciliação dessas almas tão queridas ao meu coração, pois que ambos já foram meus genitores em outra existência. Dessa forma, sentia que poderia fazer alguma coisa em favor da reconciliação.

Cornélio fez uma pausa mais demorada, talvez propositadamente. Olhou fixo nos olhos do meu pai, como que o induzindo a se manifestar, e ele, ainda um pouco aturdido pela emoção do momento, falou com a voz trêmula, entrecortada de dor:

– Em que pese tudo isso, ainda sinto certa dificuldade de perdoar, embora já não alimente mais a ideia de perseguição.

Meu pai falava sem coragem de fitar Clotilde, cujo semblante esplendia de novas esperanças, embora sentisse que, no momento, não poderia ser incondicionalmente perdoada. Todavia, encheu-se de coragem e, endereçando o olhar trôpego na direção de Cornélio, que intermediava a aproximação, falou em forma de súplica:

— Ao que estou sabendo, a extensão do meu débito é bem maior do que a do nosso irmão, pelo que rogo a Deus, em nome de Alfredo, conceda-me, Estênio, a dádiva do perdão. Foi inclusive por seu intermédio que travei contato com a Doutrina Espírita, conscientizando-me da necessidade de resgatar o débito contraído com ele.

Com a voz embargada, Clotilde não pôde mais continuar, porque lágrimas copiosas escorriam sobre seu rosto macerado pelo sofrimento.

Aproveitando-me da pausa emocionada de Clotilde, foi a minha vez de falar:

— Meu querido pai! Chegou a hora da grande decisão. No contexto da contabilidade divina, o senhor é, sem sombra de dúvida, o maior credor, todavia, se tivesse aceitado a aproximação de Clotilde junto ao nosso clã, com o neto Rafael, talvez já, naquela oportunidade, ela tivesse optado pela reparação do mal que lhe causou. Mas o passado falou mais alto na sua consciência descuidada, não admitindo a partilha dos seus bens terrestres, primeiro para comigo, ao deserdar-me, e depois como mandante do homicídio do pequeno Rafael.

— Mas como pôde ser isso? — interrogou-me, angustiado.

— No meu caso, a explicação parece ser bastante simples. Dono de próspera e rica propriedade, querendo ampliar também a sua influência religiosa na região, tramou com os padres o meu ordenamento junto à Igreja Católica. Era uma forma de atender à sua ânsia de poder e também de me ver alijado da herança da família. Quando me desliguei da Igreja, encontrou, finalmente, a justificativa que faltava para deserdar-me, definitiva e legalmente. Quanto ao meu irmão Otávio, pela conivência com os desmandos praticados pela nossa mãe de antanho, fez despertar o ódio adormecido nos porões da sua alma, a ponto de mandar executá-lo, agora na indumentária de Rafael, seu neto indesejado.

Essas colocações, embora contundentes, tinham o objetivo de despertar, definitivamente, a consciência de meu pai, embotada no passado com os desdobramentos infelizes no presente.

Dando a impressão de que nada mais desejava ouvir, ele baixou a cabeça numa demonstração de arrependimento, dando vazão às lágrimas furtivas que não conseguia controlar.

Percebendo isso, e aliado aos seus superlativos sofrimentos, purgados até há pouco nas regiões inferiores do astral, animei-me em dizer-lhe:

– Vamos, meu pai, reconsidere; esvazie o ódio represado no seu coração e perdoe para que também possa ser perdoado.

Nesse instante, Clotilde prorrompeu num choro inconsolável, sendo necessária a intervenção de Cornélio, a fim de evitar descontrole maior, causado pela forte emoção do momento. Estreitando ainda mais junto a si as duas almas confrangidas, o Benfeitor anunciou paternalmente:

– Meus queridos, filhos do coração, louvemos a Deus, em nome de Jesus, por esse encontro inolvidável, que marcará, por certo, o início de um recomeço em condições mais favoráveis para todos vós. Clotilde ainda permanecerá no corpo físico por mais algum tempo, o suficiente para prepararmos a sua volta ao mundo espiritual, enquanto Estênio, na medida do possível, ajudará nossa irmã a superar o seu calvário de dor, ainda na presente encarnação.

E o encontro foi encerrado com essa cena comovedora, dando a entender que dias promissores estariam reservados para a reaproximação futura dessas almas muito queridas ao meu coração.

Eu e Julieta estávamos fascinados ante as informações de Alfredo, protagonista da própria história, narrada com a assistência espiritual de Ernani; embora gozasse de relativa saúde física, preocupava-nos a sua idade avançada, já sinalizando com a proximidade da sua desencarnação. A despeito disso, Alfredo ainda continuaria entre nós por mais algum tempo, detalhando a sua história de vida.

Capítulo 16

O retorno

A madrugada já ia alta quando despertei no corpo físico, guardando nítida lembrança do encontro inusitado. Demorei um pouco para voltar a adormecer e, enquanto o sono não vinha, fiquei imaginando como seria a nossa vida a partir de então. Clotilde conseguiria finalmente libertar-se do drama de consciência que martirizava o seu coração? Orei pedindo a Deus que nos desse forças suficientes para suportar os novos testemunhos, que por certo adviriam, em favor da redenção de todos nós. Naquele mesmo dia, após retornar do trabalho, busquei contato com Clotilde para saber como ela estava. Disse-me que tivera um sonho com meu pai, mas não sabia precisar seus detalhes. Disse-me ainda que apenas se recordava de ter participado de uma conversa a três, mas também não conseguia se lembrar, além dele, dos demais. Embora pudesse esclarecê-la, sugeri marcarmos uma reunião com a presença de Ernani, a fim de clarear melhor o assunto. No fundo, tinha quase a certeza de que ele deveria estar a par de tudo, pois que já me havia adiantado sobre o encontro, conforme anteriormente citado. Mesmo assim, procurei-o para me informar se ele sabia de mais alguma coisa sobre o nosso desdobramento. Depois de esclarecido a respeito, atestou-me que Cornélio já havia informado os componentes do grupo mediúnico sobre isso e solicitado orações em nosso favor.

– Agora, Alfredo – elucidou Ernani –, precisamos preparar Clotilde, durante o tempo que ainda lhe resta entre nós, para a grande viagem de retorno. Segundo Cornélio nos informou, ela deverá contrair, por força da Lei de Causa e Efeito, enfermidade de grave porte que a levará à desencarnação. O seu pai está sendo trabalhado no sentido de prestar-lhe socorro e amparo, como forma de atenuar o débito contraído com a nossa irmã. Na próxima semana, convidaremos Clotilde para uma reunião, e seria conveniente que você a fosse preparando para mais esse testemunho, facilitando, após o seu decesso, um despertar mais tranquilo e, tanto quanto possível, sem maiores tribulações.

Após essas recomendações, despedi-me do amigo, confiante no trabalho a fazer, e enquanto retornava, lembrei-me do Culto do Evangelho no Lar, do qual sempre participava na companhia da nossa irmã e, quem sabe...

Naquela noite, após a leitura do texto, os comentários de praxe e as vibrações em prol dos necessitados, demos por encerrada a nossa reunião. Antes de nos despedirmos, e como a paz ainda remanescia no ambiente, aproveitei para conversar rapidamente com Clotilde sobre o sonho que tivera com meu genitor, mas que sabia tratar-se de um desdobramento do qual também eu participara.

– Dias atrás, você me descreveu um sonho com meu pai que acredito tratar-se de uma realidade vivida no mundo espiritual. Não seria o prenúncio de uma reaproximação? Ademais, pelo que sabemos, no momento do sono físico, o Espírito se desprende parcialmente do corpo, adentrando, pelo fenômeno do desdobramento, no mundo espiritual.

– Como assim?

– O sonho é o primeiro estágio desse fenômeno, seguido do sonambulismo e do êxtase. A Doutrina Espírita oferece maiores elucidações sobre o assunto, mais precisamente em *O Livro dos Espíritos*, Livro II, Cap. VIII – Emancipação da Alma[1]. Portanto, não há barreiras, a não ser a vibratória, a separar as dimensões entre o mundo das formas e o espiritual. Eles se entrelaçam com influências recíprocas entre encarnados e desencarnados. Daí, a necessidade da oração, antes do repouso físico, para a prevalência do ditado popular de que "a noite é a melhor conselheira". Entretanto, nem sempre é assim, pois, na vivência do dia a dia, muitas vezes somos influenciados por pensamentos perturbadores

---

[1] Vide os itens: O Sono e os Sonhos, Sonambulismo, e Êxtase.

que poderão nos induzir, durante o processo do sono físico, à submissão de pesadelos cruéis. Vale lembrar aqui a recomendação do Espírito Joanna De Ângelis sobre o cuidado na seleção dos pensamentos: "Sempre que tiver um pensamento perturbador, substitua-o por um pensamento edificante". A interpretação do seu sonho foge-me de uma análise mais profunda, por isso a minha sugestão de conversarmos com Ernani ainda nesta semana.

– Então, você acredita que realmente me encontrei com seu pai no mundo espiritual? Caso seja verdade, qual a finalidade desse encontro? E quem eram as outras entidades?

– Calma, minha irmã, esses e outros questionamentos serão elucidados proximamente. Até lá, guardemo-nos em oração, rogando a Deus inspire o nosso bom Ernani para nos esclarecer melhor sobre o assunto.

Capítulo 17

Revelações

Naquela sexta-feira, eu estava longe de imaginar o que nos aguardaria no encontro, que seria inesquecível. Ernani deu entrada na residência de Clotilde acompanhado de uma médium que era frequentadora assídua do nosso agrupamento espírita e, circunspecto e sem o seu habitual sorriso, afirmou estar preocupado com alguma coisa, sem que pudéssemos precisar do que se tratava. Também não nos atrevemos a questioná-lo sobre o motivo, uma vez que o ambiente já estava preparado para as nossas conversações, embora não se tratasse de uma reunião tipicamente espírita. Após os cumprimentos habituais e, por sugestão de Clotilde, assentamo-nos comodamente, esperando a iniciativa do querido amigo, que não demorou a falar:

– Estimados companheiros... – disse e, olhando mais fixamente para minha cunhada, continuou: – Nossa irmã vem se submetendo, com relativo sucesso, ao tratamento da fluidoterapia espírita, alcançando tréguas e paz temporárias, não é mesmo?

Ela meneou a cabeça em tom afirmativo e exclamou:

— É verdade, meu irmão. Mesmo acometida de crises esporádicas, já não sofro tanto como antes, sem contar que elas vêm se espaçando cada vez mais.

Ernani, então, aproveitou o ensejo para acrescentar:

— Além disso, o grau de consciência, adquirido no trato com o estudo sistemático da Doutrina Espírita, sobre a vida do além-túmulo tem ajudado muito nossa irmã na resignação e na convivência com a enfermidade, certa de que tudo passará após essa refrega existencial.

E, sem nos dar chance para questionamentos, talvez porque considerasse o tempo exíguo, emendou em seguida:

— Embora essa não seja uma prática comum, recomendada pelos ensinamentos espíritas, mas fomos autorizados pelo nosso Benfeitor Cornélio, pela peculiaridade do caso, a procurá-los para esclarecer alguns fatos relacionados com os desdobramentos a que vem se submetendo a nossa irmã.

Clotilde arregalou os olhos em sinal de espanto e perguntou:

— Desdobramentos? Pelo que me recordo, somente uma vez tive um sonho nebuloso com Estênio e mais duas entidades que não consegui identificar. Seria mesmo um sonho ou fruto da minha imaginação?

– Não, não se trata de simples sonho. Os encontros foram reais.

– Encontros?

– Sim, foi mais de um encontro, embora você não tenha consciência disso no estado de vigília. Apenas no último episódio foi permitido que retornasse ao corpo físico guardando relativa lembrança, a fim de prepará-la agora para o encontro final.

– Quer dizer, então, que esse encontro significa a última vez que me encontrarei com Estênio?... Ah, que bom – arrematou ingenuamente, na esperança de não ter mais que se defrontar com o seu desafeto no mundo espiritual. Mal sabia que os preparativos para o seu retorno definitivo à pátria espiritual estavam apenas começando.

Ernani desconversou e aproveitou, mais uma vez, para recomendar a necessidade do perdão recíproco, como forma de romper o círculo vicioso das perseguições.

A conversa fluía amena até que um fato inusitado aconteceu.

Cecília, portadora da mediunidade de efeitos físicos da nossa Casa Espírita, empalideceu. Seu rosto, transfigurado, deu sinais de que uma entidade desejava falar por seu intermédio, e Ernani, que já havia sido informado previamente pelo Espírito Cornélio do que iria acontecer, pediu que nos mantivéssemos concentrados, permitindo a manifestação.

O Espírito depoente agradeceu com uma saudação inicial, evocando o nome de Jesus para que a todos nos abençoasse, falando em seguida:

– Minha querida mãezinha!

Para Clotilde, não havia como duvidar da autenticidade da comunicação. Era mesmo o seu filho Rafael, com a diferença de que sua voz, apesar do mesmo timbre, apresentava-se, agora, com tonalidade mais grave, como se tivesse mais idade. E isso realmente ocorria, haja vista que ele readquirira a antiga forma fisiológica de outra vida, na fase mais jovem, fato que ocorrera logo após sua desencarnação, despertando-lhe lembranças de fatos marcantes dessa outra vivência.

A médium de efeitos físicos, em transe e transfigurada, liberava o ectoplasma necessário para esse tipo de manifestação de voz direta. Emocionada, Clotilde teve ímpeto de arrojar-se aos braços de Cecília, mas foi contida por Ernani. Rafael pediu calma a ela, pois não poderia permanecer por muito tempo entre nós. Precisaria dar o seu recado, que reputava de suma importância para a harmonização de todos e, dando sequência à sua fala, continuou:

– Fui instado a vir ter com vocês pela intercessão de Cornélio, Espírito Benfeitor de todos nós. Aprendi com esse magnânimo instrutor e amigo que perdoar, consoante nos ensinou Jesus, é, acima de tudo, um ato de inteligência, pois quem perdoa sai da sintonia do agressor, posicionando-se espiritualmente num patamar superior. Fui vítima, sim, de uma vingança bem urdida, tramada pelo meu infeliz avô, que não suportou a nossa aproximação ao seu convívio familiar, pelos acontecimentos que me foram agora revelados, da nossa infrutífera existência anterior. Faz-se necessário, minha querida mãe, reaproximar-se dele para que, sob a proteção do bondoso Cornélio, nosso verdadeiro anjo tutelar, busquemos o acerto de contas desde agora, para a consumação numa existência próxima. Pelo que estou informado – prosseguiu Rafael, emocionado –, Alfredo terá papel preponderante neste capítulo de nossa vida.

Clotilde, que aparentava ouvir tudo tranquilamente, interrompeu quase desrespeitosa, questionando:

– Será mesmo crível que é meu filho quem nos fala? Por ventura não lhe dói o suplício da nossa separação, imposta pelo ato covarde e criminoso que ceifou a sua vida, dilacerando-me o coração?

Antes que ela prosseguisse a desfiar um rosário de lamentações, Rafael interveio prudentemente:

– Não, minha querida mãe, não pense assim! Não intente cultivar ressentimentos, que a todos nos têm infelicitado. Quando por aqui aportei, sofri muito, pois os que partem também se ressentem da separação. Durante o tempo em que estagiei nas zonas aflitivas do mundo espiritual, pela revolta incontida contra o meu avô, sofri muito, só pensando na senhora, da qual me apartei. Jurava vingança, mas o sofrimento tem o condão de despertar a alma endurecida na frieza da revolta e, não logrando alcançar o meu intento de vindita, e porque não tinha alternativa, capitulei, resignando-me, aos poucos, com a nova situação. Foi quando orei como nunca fizera antes, rogando aos Céus amparo e bênçãos para o meu Espírito sofredor. Nesse momento, divisei, próximo a mim, o vulto de uma entidade iluminada que me levou a um mergulho retrospectivo no passado, em uma existência anterior. Mais tarde, fiquei sabendo tratar-se do Espírito Cornélio, que, sensibilizado, viera em meu socorro para dissuadir-me desse propósito perturbador, a fim de reencontrar-me com a paz, há tanto tempo anelada. Foi aí, minha querida mãe, que pude compreender melhor a extensão do nosso débito para com o infeliz irmão, algoz de hoje, porém nossa vítima do passado. Hoje venho trabalhando junto a todos nós, com a assistência do querido amigo, para reencetarmos o grande caminho de volta para Deus. Pedi muito por esta oportunidade para poder falar-lhe ao coração de mãe.

Clotilde, agora, ouvia cabisbaixa e soluçava baixinho. Sensibilizada com as palavras carinhosas do filho querido, que lhe tocavam as fibras mais íntimas de seu coração, falou, emocionada:

— A grandeza do seu sentimento comove-me até às lágrimas! Que fazer quando a própria vítima, diretamente afetada, fala em reconciliação? Não me cabe senão seguir os seus passos. Se for para granjear a paz em favor de todos nós, serei submissa e me esforçarei também para conceder-lhe o meu perdão.

O tempo escoara rápido, pois que o relógio já apontava vinte e duas horas e quarenta e cinco minutos quando Rafael, agradecido, despediu-se. Ernani fez uma prece de agradecimento e encerrou a reunião.

Os comentários que se seguiram giraram em torno desse encontro inesperado.

Não contendo o ímpeto e, à guisa de esclarecimento, perguntei:

— Meu bom Ernani! Desculpe-me, mas...

E, sem me deixar concluir, esclareceu:

— Já sei, meu caro Alfredo. Surpreende-se do fato de a manifestação dar-se nesta casa, e não em nosso agrupamento espírita, não é verdade?

– Sim, desculpe-me, mas é isso mesmo.

– Bem sei – apressou-se em explicar – que essa não é a prática comum e que deve mesmo ser evitada, todavia, por envolver familiares, e a fim de evitar constrangimentos, ela foi permitida com o aval do nosso Benfeitor.

As conversações fluíram ainda por mais alguns minutos, após o que nos despedimos, e o encontro foi encerrado.

Capítulo 18

Trabalhos complementares

O tempo corria rápido, parecendo contribuir com a recuperação de Clotilde, que já não apresentava, com tanta frequência, os inconvenientes das convulsões. Quando tudo parecia caminhar para um período de relativa tranquilidade, eis que minha cunhada apresentou sintoma estranho, localizado na região do baixo-ventre. Depois de muitos exames, o diagnóstico médico concluiu tratar-se de um tumor maligno, em estágio de metástase avançada. Os medicamentos ministrados eram ineficazes para debelar a sua dor, e ela sofria muito, definhando a olhos vistos, carcomida pela soez enfermidade. Mais algum tempo acamada, sofrendo dores horríveis, Clotilde finalmente desencarnou. Ernani, sempre prestativo, informou-me que os colaboradores de Cornélio, apesar da experiência no trato com esse tipo de trabalho, a custo conseguiram desvencilhá-la dos liames carnais, pois que o laço fluídico que ainda a retinha junto ao corpo físico somente aos poucos pôde ser definitivamente desatado. Os fluidos vitais remanescentes foram dissipados no laboratório da natureza, evitando, com isso, o assédio de Espíritos vampirizadores, acelerando, portanto, o processo de cadaverização da nossa irmã. Amparada pela equipe de socorro, que lhe prestou os últimos atendimentos, ela foi levada para a complementação do tratamento, no mundo espiritual.

Recolhida a um pronto-socorro próximo da crosta terrestre, ali permaneceu em sono reparador durante quase um mês. Nesse período, recebeu tratamento de aplicações magnéticas em toda a sua contextura perispiritual, para que pudesse ser acelerado o seu processo de recuperação. Quando, finalmente, nossa irmã acordou, a sensação foi de alívio – complementou Ernani, narrando o que lhe fora descrito por Cornélio, e por lembranças suas, quando do fenômeno da emancipação da alma, durante o sono. – Embora ainda se mantivesse um pouco perturbada, guardava na consciência a necessidade de reaproximar-se de Estênio, seu antigo desafeto.

Tão logo ganhou a liberdade de locomoção, buscou contato com a natureza fora das dependências do mini-hospital, amparada por dedicados trabalhadores daquele núcleo de tratamento. Um deles, Ubaldo, que fazia parte da equipe de Cornélio, ficou com a incumbência de acompanhá-la.

Encorajada pela companhia do dedicado trabalhador, Clotilde lhe solicitou:

– Gostaria que o prezado irmão indicasse um local

adequado para que eu pudesse fazer a minha oração de agradecimento a Jesus.

O novo amigo, relanceando o olhar à sua volta, falou com sabedoria:

— E por que não fazê-la aqui mesmo, ao ar-livre, em contato com a natureza? Precisamos aprender a colaborar também com a obra da Criação. Na Terra, já temos as primeiras noções de preservação do meio ambiente, como forma de contribuir para a sustentabilidade do Planeta.

— Sim, mas não entendo a comparação entre lá com o que se passa aqui — redarguiu a assistida.

— Em que pese a sua admiração, nestas paragens do mundo espiritual a situação não é muito diferente. Como pode perceber, as mentes perturbadas pela dor da revolta contribuem, com o seu psiquismo em desalinho, para a formação desta paisagem triste e acinzentada à nossa volta.

Acostumada com as soluções fáceis, por conta da transferência de responsabilidades, tão a gosto da maioria dos que vivem na Terra, Clotilde redarguiu:

— E por que nossos Benfeitores não mudam esse panorama triste, já que detêm ascendência mental sobre todos nós?

Ubaldo sorriu discretamente ante a ingenuidade da pergunta e esclareceu:

– Eles o fazem diariamente em orações regulares, neutralizando grande parte dos miasmas insalubres que pululam na periferia deste Posto de Atendimento. Não fora isso, a permanência aqui seria insuportável, considerando-se que estamos na região umbralina.

Clotilde pareceu meditar nas observações do novo amigo, que propositadamente calou-se, esperando que ela reconsiderasse.

– Quer dizer, então, que existe uma região especificamente criada para abrigar esses Espíritos dementados?

– Não é bem assim, minha irmã, o local existe, mas não foi criado senão pela mente dos Espíritos que se agrupam pela afinidade da revolta e do sofrimento.

– Agora já posso compreender melhor o porquê da sua sugestão. Ao mesmo tempo que exercito a elevação do meu pensamento, em direção ao Criador, também coopero com a modificação da paisagem psíquica deste local.

Ubaldo deixou transparecer alegria pelo entendimento da nossa irmã, porque, sorrindo, incentivou-a:

– Vamos lá, Clotilde, avante!

E, distendendo a destra sobre sua cabeça, deu a impressão de transmitir-lhe algum tipo de energia.

Clotilde sentiu uma espécie de arrebatamento e, enlevada, balbuciou:

– Deus meu, seja louvado!

Em seguida, concentrando-se um pouco mais, falou, emocionada:

– Mestre e Senhor Jesus! Dignai-Vos atender às minhas súplicas nesta oportunidade bendita de poder louvar e agradecer a magnanimidade do Criador.

Obrigada, Senhor meu, pela dádiva de ser socorrida por esses abnegados mensageiros da Vossa luz, que me acolhem incondicionalmente neste reduto de paz.

Sabedora do grande débito contraído com aqueles a quem malsinei no passado escabroso das minhas irreflexões, rogo a oportunidade de reparação, ainda que pesadas urzes venham a calcinar minha alma devedora.

Se possível for, Senhor, concedei-me a dita de reencontrar Estênio, a quem tanto prejudiquei, a fim de poder resgatar o meu débito para com ele e também com os seus familiares.

Sei o quanto lhe devo, muito mais do que ele deve a mim e, por isso mesmo, desejo encontrá-lo para a necessária reconciliação.

À medida que enunciava a sua rogativa, suave claridade projetava-se do mais alto, envolvendo por inteiro nossa irmã.

Ao concluir a oração, Clotilde, pela primeira vez, depois de muito tempo, irradiava serena e doce claridade, esplendida no semblante de relativa paz e tranquilidade.

Nesse comenos, percebemos que alguém se aproximava. Era Cornélio, que nos saudou cortesmente após achegar-se um pouco mais:

– Que a paz do Senhor permaneça entre nós! Hoje o meu coração se rejubila!

A rogativa de Clotilde teve endereçamento certo, pois que, proferida com sentimento de sincero arrependimento, acabou tocando o coração do nosso Estênio, que ainda se encontrava cristalizado na revolta, quebrando, de vez, suas últimas resistências em conceder-lhe também o seu esperado perdão.

E a um sinal do Benfeitor, Estênio deu entrada no palco da natureza, amparado por dois Espíritos Amigos, no local em que nossa irmã acabara de fazer a sua oração.

A emoção foi muito grande, pois que Cornélio, aproximando-os de si, posicionando Estênio do seu lado direito e Clotilde, à sua esquerda, junto ao seu coração, falou com entonação de voz paternal:

– Filhos queridos!

Deus abençoe este momento tão significativo para todos nós.

Fui encarregado da honrosa missão de reaproximá-los, para o início de uma inadiável jornada de reconciliação.

A partir de hoje, terão início os desafios para os preparativos de retorno, para uma futura e promissora encarnação.

Cornélio continuou em considerações mais demoradas, que não mais pude acompanhar. Só sei dizer que, depois desses acontecimentos alvissareiros, trazidos do Além pela intermediação de Ernani, as informações cessaram. Durante mais alguns anos, dei continuidade às minhas atividades espíritas, nas reuniões doutrinárias da Instituição que frequentava.

PARTE TRÊS

Capítulo 1

A despedida de Alfredo

A história contada por Alfredo, que seria concluída, por sua sugestão, no interior do Solar, como de fato o foi, chegava ao fim. Tanto eu quanto minha querida esposa Julieta estávamos emocionados. Alguns anos haviam se passado desde o nosso primeiro encontro, quando, retornando do trabalho, deparei-me com aquele homem solitário sentado num banco rústico do jardim. Intrigava-nos o fato de que, depois de tanto tempo militando na Doutrina Espírita, ele acabaria por desistir de tudo, convertendo-se num andarilho solitário. Mais tarde, teria o enigma esclarecido por Ernani, que nos posicionou a respeito.

– Sendo Alfredo o mais velho descendente da prole familiar, era de se supor que o seu retorno ao mundo espiritual se daria primeiro. No entanto, com a desencarnação de Clotilde, seu irmão começou a definhar, até que, acometido de um infarto violento, também veio a desencarnar.

Algum tempo depois, foi a vez de Andréa, que foi

acidentada na via pública num momento de descuido, vindo a falecer no local.

    O tempo corria célere, e tudo indicava que, doravante, somente Alfredo e seus familiares passariam a residir no Solar, quando nova tragédia lhes acometeu. Anselmo acabou por contrair hanseníase, embora, nessa época, a doença já estivesse quase erradicada. Cláudia também acabou por contrair a soez enfermidade, baseada em dois motivos: primeiro, pela sua baixa imunidade contra a resistência do bacilo de Koch e, segundo, pelo esforço frequente nos cuidados com Anselmo. Assim, concluiu Ernani, foi desencadeada a desencarnação de ambos. E Alfredo ficou sozinho, remoendo as desagradáveis recordações. Por mais que os amigos do agrupamento espírita insistissem na sua superação, a desesperança ocupou-lhe espaço mental, permitindo que o desânimo fizesse morada no seu coração. E foi assim que se refugiou no anonimato, para curtir sua solidão. Entretanto, o tempo acabou por cansá-lo dessa vida isolada, e ele passou a, a partir daí, frequentar a praça pública, onde, mesmo entre as pessoas, continuava paradoxalmente na soledade. Infelizmente, depois que conheceu vocês, já com a idade avançada, era um pouco tarde para reatar os seus compromissos espirituais. Foi quando o "acaso" os aproximou e o fez cobrar novo ânimo para relatar toda a sua história de vida.

    – Ah! Então é isso, meu bom Ernani.

Hoje compreendo o porquê da nossa vinculação afetiva desde o primeiro momento em que nós o conhecemos.

O Espiritismo teve o condão de estreitar ainda mais os nossos laços de afetividade cristã.

Mesmo depois de todos esses acontecimentos relatados por Ernani, eu e Julieta combinamos que formularíamos um convite a Alfredo para que nos acompanhasse nas atividades do agrupamento espírita que frequentávamos.

A princípio, ele aceitou, embora não garantisse a assiduidade da frequência, porque já sentia o peso da idade. Naquela oportunidade, eu estava exultante tanto pela aquiescência do novo amigo quanto pela alegria de ver minha esposa recém-convertida ao Espiritismo, provavelmente sensibilizada com a história de vida narrada pelo nosso irmão. Ao apresentá-lo ao Dr. Humberto, dirigente da Instituição, nosso amigo foi recebido com afabilidade e convidado a conhecer os trabalhos assistenciais da Casa.

Alfredo sentiu-se honrado, agradeceu e aceitou o convite.

Dias depois, demandamos à Casa Espírita, onde assistiríamos a uma palestra, seguida de passes e vibrações. Nosso anfitrião fez a prece de abertura e, logo em seguida, a apresentação de Nestório, o convidado da noite para fazer a preleção.

Dando início à sua fala, o palestrante fez a saudação habitual, em nome de Jesus, contando a parábola do Bom Samaritano[1], após o que concluiu:

– Como vemos, meus queridos irmãos, sem querer fazer a apologia do ceticismo, o fato é que Jesus elegeu a atitude do bom samaritano, considerado herege, como condição necessária para adentrar no Reino dos Céus, pois nem o sacerdote e muito menos o levita, que também era um sacerdote da Tribo de Levi, comportaram-se como tal. Tinham o conhecimento das Leis de Deus e dos profetas, mas lhes faltava o sentimento de amor ao próximo para socorrer aquele homem que, surrupiado e espancado pelos salteadores, havia sido deixado semimorto à beira da estrada. Sem sombra de dúvidas, a religião é um roteiro luminoso que nos remete de volta para Deus, de cujas Mãos Divinas saímos simples e ignorantes, isto é, sem saber[2]. Dessa forma, esforcemo-nos por vivenciar, na prática do dia a dia, os ensinamentos deixados por Jesus. A Doutrina Espírita, que se constitui na Terceira Grande Revelação, é o Consolador prometido pelo Mestre, com a finalidade de restabelecer a simplicidade primitiva dos Seus ensinamentos, pois o Cristianismo é uma verdade, e "são de origem humana os erros que nele se enraizaram".

---

[1] Lucas, 10:25-37.

[2] *O Livro dos Espíritos,* pergunta, nº 115.

O orador fez uma pequena pausa, parecendo tomar fôlego para, logo em seguida, dar continuidade à sua fala inspirada.

– Não desejamos com isso, principalmente nós, os espíritas, arvorarmo-nos como protótipos de perfeição.

Embora reconhecendo as nossas imperfeições e naturais limitações, marchemos sem temor, sem esmorecer, pois todos aqueles que vitoriaram não foram os que caíram e ficaram se lamentando à margem da estrada; foram muitos dos que caíram, sim, mas que, em pós, reergueram-se e prosseguiram na marcha em direção a Deus.

Alegam alguns que é praticamente impossível, no atual estágio espiritual em que se encontram, viver de conformidade com os preceitos recomendados por Jesus, todavia lembremo-nos de que foi Ele próprio quem asseverou "aquele que quiser seguir-me, tome da charrua e não olhe para trás".

O orador continuou a sua palestra, que a todos comoveu, até que concluiu, exorando a Deus amparo e bênçãos em favor de todos nós. Encerrado o encontro, retornamos. No trajeto de volta para casa, pude notar que Alfredo, embora envolvido como nós nas suaves vibrações que ainda remanesciam do clima harmônico da reunião, demonstrava certa apreensão.

Inquirido sobre os motivos que o levavam a apresentar aquele ar de circunspecção, nosso amigo comentou:

– Meu caro Inocêncio! A noção de responsabilidade com respeito ao tempo perdido, aliado à idade avançada que já me pesa nos ombros, faz-me sentir que o tempo, exiguamente curto, impossibilita-me agora a retomada dos compromissos aos quais deveria ter dado sequência, quando já me encontrava engajado nas lides espiritistas, conforme narrei na minha história de vida.

E, meneando a cabeça em sinal de abatimento, nada mais falou.

Tentamos dissuadi-lo desse estado de desânimo apático, mas o fato é que, desde esse último encontro no Centro Espírita, nossos contatos se espaçaram.

Alfredo, aos poucos, foi se afastando da nossa convivência, dando a entender que, após a catarse com o relato da sua história, desejava viver os seus últimos dias na solidão.

Esporadicamente nos encontrávamos, mais por força da nossa própria iniciativa do que por sua espontânea vontade.

O tempo foi passando, e logo soubemos, pelo noticiário dos jornais, que o nosso amigo, vítima de atropelamento, havia falecido.

Capítulo 2

Informações do Além

O tempo passava, eu já me havia aposentado da coletoria e, a essa altura, ficara viúvo, com a desencarnação de Julieta. Agora, com maior disponibilidade de tempo, podia dedicar-me mais intensamente às lides doutrinárias. Relia e estudava, com redobrado interesse, as obras da codificação e as subsidiárias. Exonerado das preocupações com o trabalho do ganha-pão, engajei-me com mais afinco nas atividades assistenciais da nossa Casa. Dessa forma, fui ganhando experiência nesse dignificante trabalho em prol dos semelhantes e, talvez por isso, também a simpatia dos Benfeitores Espirituais, que me acenaram, para o futuro, relevante trabalho, em regime de desdobramento, no plano espiritual. Parece que esse tipo de fenômeno era comum entre nós, porque também eu, após as experiências vividas com Alfredo e Ernani, acabaria por adquirir essa modalidade mediúnica. O tempo corria ligeiro até que, certa noite, quando a reunião estava prestes a terminar, Cornélio manifestou-se, trazendo informações a respeito da minha esposa.

Julieta estava muito bem, dizia ele, e já havia se adaptado à sua nova morada no plano espiritual, e informou também que, oportunamente, faria revelações surpreendentes a respeito da nossa vinculação com aquele grupo de almas sofridas.

Voltei para casa pensativo, tentando recordar, em detalhes, os primeiros encontros estabelecidos entre Alfredo, eu e minha querida esposa, entretanto, não conseguia estabelecer um elo espiritual que pudesse esclarecer a nossa vinculação com aquele homem desconhecido. Nessa noite, após a oração habitual, demorei a conciliar o sono, intrigado que estava com o que havia dito nosso Benfeitor.

Finalmente cansado, adormeci. Já fazia algum tempo que não exercia a experiência do desdobramento. Nessa noite, surpreso, "despertei" no Além com sensação de leveza, embora ainda me encontrasse ligado ao corpo físico, que ressonava em repouso.

O mensageiro que me acolheu fez um sinal com a mão, sugerindo que o acompanhasse à presença de Cornélio. Durante o trajeto, ainda que curto, desejei colher algumas informações que teriam motivado a minha visita ao querido Benfeitor.

Sem entrar em detalhes, o mensageiro apenas respondeu:

— Acalme-se, meu caro Inocêncio, você logo saberá; não tenho autorização para lhe adiantar nada, até porque não estou a par de todo o assunto que motivou a sua vinda até aqui, por recomendação do nosso Benfeitor.

Ao chegarmos à sala que antecedia o gabinete de Cornélio, deparei-me com um Espírito que me pareceu familiar. Não pude identificá-lo de pronto, mas senti que já o conhecia de algum lugar do passado, pois a forte atração que exercia sobre mim era, de certa forma, constrangedora. Era uma senhora de cor negra, encorpada, aparentando, mais ou menos, sessenta anos de idade. Levava um lenço branco, muito alvo, sobre a cabeça, irradiando invejável simpatia. Não tivemos a oportunidade de conversar, pois o mensageiro, logo após anunciar a nossa chegada, foi instado pelo Benfeitor a conduzir-nos ao interior da sua sala, ficando satisfeita a minha curiosidade de saber quem ela era somente depois. Fomos recebidos com indisfarçável alegria, e Cornélio pediu que nos acomodássemos junto às cadeiras ao seu redor. A sala não dispunha de mesa, dando a entender que aquele ambiente era destinado exclusivamente para o atendimento fraterno, desprovido, portanto, das formalidades habituais entre entrevistado e entrevistador.

Eu continuava intrigado com a presença daquela senhora que, de certa forma, chamava-me a atenção.

O Benfeitor, que mediaria nosso encontro, foi o

primeiro a falar, dirigindo-se a mim em tom costumeiramente paternal:

– Inocêncio, meu filho! Solicitei sua presença neste encontro a fim de darmos continuidade ao trabalho de reaproximação entre Estênio, Clotilde e seus familiares.

E, acenando também na direção daquela mulher, continuou:

– Vocês exerceram no passado influências preponderantes sobre essas almas comprometidas, que ainda continuam presas entre si pela resultante da Lei de Causa e Efeito. Benvinda foi dedicada serviçal, e Euzébio – dirigindo o seu olhar para mim – foi o fiel depositário dos registros dos negócios do Solar.

Fiquei sem saber o que dizer diante das colocações surpreendentes do querido amigo. Percebendo o estado de estupefação em que me encontrava, ele se adiantou em novas considerações:

– Você tem certa dificuldade em reconhecer esse Espírito por se encontrar ainda ligado ao corpo físico, o que o impede, em condições normais, de buscar, nas reminiscências do passado, a identificação de Benvinda.

É claro que o nome não me era estranho, pois já a conhecia pelas citações das narrativas de Alfredo, mas nada me lembrava sobre a minha ligação com esse Espírito no passado. Tomando-me pelo braço, solicitou a Benvinda que nos acompanhasse em direção a uma sala contígua, onde alguns Espíritos já nos aguardavam em oração. Dispostos em semicírculo com uma cama ao centro, o local mais se assemelhava a um centro cirúrgico de grandes proporções. Cornélio pediu que eu me deitasse e, fazendo um sinal para um dos seus auxiliares, solicitou que o ajudasse na preparação dos trabalhos, não sem antes me tranquilizar a respeito daquele estranho procedimento, que teria início logo mais.

Capítulo 3

Novas revelações

Fios delicados e luminosos foram conectados à minha cabeça, mais precisamente na altura dos centros coronário, cardíaco e frontal, dando-me a impressão de que seria submetido a uma espécie de eletrocardioencefalograma nos moldes tradicionais. Logo em seguida, os auxiliares se aproximaram e depositaram suas mãos espalmadas sobre o meu corpo, a uma distância de aproximadamente trinta centímetros. Percebi que chispas luminosas saíam de suas mãos, alimentando minúsculas baterias, tornando os fios mais luminescentes e de coloração levemente esverdeada. Após as providências iniciais, Cornélio fez uma sentida prece e, como se eu estivesse anestesiado, "adormeci". É interessante notar que me desprendi pela segunda vez, agora em outra dimensão do mundo espiritual. No processo desse segundo desdobramento, vi-me numa indumentária carnal de cor negra, recordando-me e reconhecendo, somente agora, aquele

Espírito que me fora anteriormente apresentado como sendo o de Benvinda[1].

Benvinda lá estava cuidando dos afazeres do Solar. De repente, notei que ela se dirigiu a mim, falando com tranquilidade:

– Euzébio, não se agaste quanto ao afastamento temporário de Marinalva. Sei que vocês se amam muito e não seria justo apartá-los do convívio amoroso por mais tempo ainda. Ela se foi, mas, pelo que estou sabendo, não o esqueceu.

Não me contive e perguntei:

– Mas, afinal, eu não sei onde ela se encontra desde o sumiço, pois, se soubesse, já teria ido procurá-la. Você vem mantendo o seu paradeiro em sigilo até hoje. Por quê?

Benvinda pensou por alguns instantes e falou em seguida:

– Na ocasião em que nosso patrão investiu sobre a pobre coitada, vocês faziam projeto de união; a sua condição de escriba da herdade, tendo em vista o preconceito na comunidade do Solar, distanciava-o de uma aproximação mais íntima, por ela ser considerada uma simples serviçal. Sabendo o quanto você a amava, resolvi manter em sigilo o

---

[1] Sendo o perispírito o envoltório inseparável da alma e o detentor da propriedade da plasticidade, segue-se que, quando Inocêncio se desdobrou pela segunda vez, e foi transportado para o passado, ali, pelo seu inconsciente, plasmou no seu perispírito a personalidade de Euzébio, vivido naquela oportunidade.

local onde ela se encontrava, pois a sua ausência do Solar, com o intuito de encontrá-la, poria tudo a perder, ou seja, o filho bastardo sob a minha tutela, o silêncio de Marinalva quanto ao episódio constrangedor e a sua própria integridade física por contrariar os caprichos e a honra do patrão. Vezes sem conta, estive às escondidas com Marinalva, que chorava por estar distante de você e do filho querido que mal pôde abraçar nos primeiros meses de vida. Jurou fidelidade eterna ao seu amor e pediu aos Céus que um dia pudesse reencontrá-lo.

Nesse ponto da narrativa, Benvinda silenciou, e a imagem do passado foi se desfazendo, até que percebi que voltava desse segundo desdobramento, trazido pela indução do Benfeitor, que resolveu, então, encerrar esse primeiro encontro com Benvinda nas telas do passado.

Retornei ao corpo físico em repouso para logo mais despertar, guardando na lembrança alguns *flashes* dessa viagem astral nos meandros do passado.

O quebra-cabeça sobre as nossas vinculações com aquelas almas comprometidas começava a fazer sentido.

Conversei muito com Ernani sobre o acontecido, pedindo explicações e orientações que pudessem me ajudar nos encontros futuros. Aquiescendo à minha rogativa, reservou um horário, após a reunião do intercâmbio mediúnico, para conversarmos.

Aguardei ansiosamente o dia aprazado.

Naquela noite, havia se manifestado um Espírito muito sofrido; falava sobre a sua experiência de vida numa existência passada. Embora confuso, clamava desesperado:

– Meu Deus, meu Deus, por que fiz isso? Não, não pode ser, não é possível seja eu o autor dessas atrocidades. É bem verdade que estive a mando daquele homem desalmado, mas... – e, soluçando convulsivamente, emudeceu.

O esclarecedor tentava acalmá-lo para, de alguma forma, poder ajudá-lo.

– Tranquilize-se, meu irmão, você está vivendo outra realidade hoje. Em verdade, o quadro apresentado à sua frente nada mais é do que uma lembrança do passado.

– Entretanto – retrucou, entre soluços –, revejo tudo como se estivesse presente nessa cena constrangedora! Não suporto mais! Por amor a Deus, retire essa imagem da minha frente!

Sem condições de diálogo, nosso amigo comunicante adormeceu sob o efeito de energias aplicadas pelos Espíritos socorristas do plano espiritual. Ernani, que já vinha, desde algum tempo, acompanhando, em estado de desdobramento, todo o desenrolar do que se passava comigo e com os demais coadjuvantes das tramas do passado, após o encerramento da reunião, pediu licença aos outros participantes do grupo, que se despediam, e, convidando-me a entrar numa sala ao lado, falou sem rebuços:

– O irmão infeliz que acabou de dar a comunicação havia sido adrede preparado no plano espiritual para vir ter conosco. O objetivo era dar-lhe a oportunidade para uma catarse, a fim de que pudesse exteriorizar toda a dor que o seu Espírito combalido ainda registrava na intimidade da sua consciência culpada.

Antes que Ernani avançasse em maiores considerações, atrevi-me a perguntar:

– Mas de quem se trata? Porventura existe alguma ligação com os últimos acontecimentos da minha experiência em estado de desdobramento?

A minha pergunta foi motivada, talvez, pelo fato de pressentir, enquanto a comunicação se desenrolava, certa familiaridade com o depoimento daquele Espírito atormentado.

– É o que tentarei explicar.

E, em poucas palavras, narrou-me, a seguir, o quadro angustiante que o irmão, aturdido, não conseguiu exteriorizar em detalhes, tal o estado de alienação em que se encontrava.

– Trata-se de Ernestino, seu antigo auxiliar, responsável pela guarda dos documentos sobre o Solar, que você registrava.

Perplexo com a revelação, quase não pude acreditar no que ouvia.

– Como dizia, Ernestino teve a incumbência macabra de dar fim na pobre Marinalva, que constituía uma ameaça viva aos interesses escusos do patrão. Depois disso, passou a carregar, durante esses anos todos, o remorso destruidor do qual ainda não logrou se libertar.

– E Marinalva – perguntei –, como se portou ao despertar e descobrir, no mundo espiritual, que fora mais uma vítima da sanha criminosa de Estênio?

– A princípio, sofreu muito, pois, além do distanciamento do filho, e depois com a sua morte, deu-se conta de que a esperança de um dia poder revê-lo havia acabado. Todavia, amparada por Benfeitores Amigos, foi refazendo-se aos poucos da revolta incontida no seu coração de mãe e de mulher vilipendiada.

– Mas, então, qual foi o desfecho desse episódio constrangedor? Tínhamos projeto de união futura, e todos morremos sem concretizar o sonho acalentado.

– Ledo engano, meu caro. A Lei dos Renascimentos, mais conhecida por nós, os espíritas, como reencarnação, teve o condão de reaproximá-los na presente existência...

Surpreendido, e sem dar tempo ao amigo para que concluísse a revelação, que me parecia bombástica, interrompi afoito:

– Mas de quem você está falando? Por acaso, trata-se de...

Parecendo ver a imagem da minha ex-esposa na tela do meu pensamento, Ernani finalmente concluiu:

– Sim, meu amigo, trata-se de Marinalva revestida de nova roupagem física, reencarnada como Julieta, sua dedicada esposa na presente encarnação.

Emocionado, baixei a cabeça e comecei a chorar.

A revelação surpreendente deixava claro o porquê da nossa vinculação, desde aquele primeiro encontro com Alfredo, até então atribuído ao acaso. Ernani olhou para o relógio que trazia no pulso, dando a entender que o diálogo estava encerrado.

Ainda sob o efeito dessa grande emoção, sem ter o que dizer, despedi-me do companheiro e retornei para casa.

Capítulo 4

Desencarnação

Os dias e os meses se arrastavam devagarzinho, quase imperceptíveis. Uma triste doença impedia-me o deslocamento com desenvoltura e regularidade até a nossa Casa Espírita, motivado também pela falência dos principais órgãos, o que já sinalizava que minha desencarnação estava próxima de acontecer. A essa altura, Ernani já havia retornado ao mundo espiritual e, desde então, o meu relacionamento limitava-se ao círculo da "velha guarda", isto é, com os mais antigos dirigentes e trabalhadores da Casa, dentre os quais, obviamente, o mais velho era eu.

Percebendo o meu retorno inevitável e já detentor do conhecimento espírita sobre essa situação, solicitei aos companheiros que me ajudassem a formular um diário dos instantes finais da minha existência física, que se extinguia paulatinamente, dando-nos a oportunidade para as devidas anotações. É bem verdade que esses registros não são do tipo padrão, devendo ser considerada a experiência de vida do candidato à desencarnação.

As atividades realizadas como médium de desdobramento facilitariam o trabalho de anotações, que serviriam de estudos para as reflexões futuras dos nossos irmãos. Para tanto, combinei com o companheiro Artêmio, frequentador assíduo do nosso agrupamento espírita, que me acompanhasse nos instantes finais, pois guardava plena convicção de que a minha desencarnação ocorreria nas dependências de um hospital, como de fato ocorreu.

Primeira visita

Acometido de pneumonia, o médico recomendou aos meus familiares a minha transferência para o hospital. Embora fragilizado, guardava nitidez do meu estado consciencial.

No fundo, sabia que a minha existência física chegava ao seu final.

Previamente combinado, recebi a visita de Artêmio, que fez sua primeira pergunta para o registro das anotações:

– Tudo bem?

– Nada de anormal – respondi. – Aliás, a sensação é de indefinível bem-estar espiritual, embora sinta que o enfraquecimento dos órgãos físicos exaure, aos poucos, as minhas resistências corporais.

O tempo passava e eu tinha a impressão de que vivia entre dois mundos, pois, à medida que o corpo físico depauperava, mais se me aguçava a sensibilidade espiritual.

Segunda visita

– Como se sente?

– Hoje registro a presença de alguns vultos que presumo ser de entidades desencarnadas.

O embaciado da minha visão corporal cede lugar à espiritual, que se aclara no sentido inversamente proporcional, e noto, à minha cabeceira, a figura veneranda do Benfeitor Cornélio, que passa suavemente a sua mão sobre a minha cabeça, causando-me agradável sensação de bem-estar espiritual.

Parece dizer-me, sem palavras, que a minha hora está próxima e que, mais alguns dias, estarei liberto do corpo carnal.

Noto também, à minha volta, a movimentação de Espíritos Amigos. Dizem exercer funções específicas nesse processo de desligamento corporal, que irá se intensificar gradativamente até o meu retorno ao mundo espiritual.

Terceira visita

Arguido, com a pergunta inicial de sempre, respondi:

– Sinto um pouco de dificuldade para falar.

Esforço-me para que as palavras não saiam desarticuladas e pressinto que, gradativamente, mais se adianta o meu estado de confusão mental.

Mesmo assim, consigo descrever, embora com muita dificuldade, algumas cenas do mundo espiritual que bailam na minha tela mental. Por já haver tomado conhecimento do assunto por meio da literatura espírita, tudo me faz crer não se tratar de alucinação ou produto da minha imaginação.

Quarta visita

Nessa noite, entrei em coma, tão comum nos moribundos em estado terminal. Não mais conseguia dialogar, embora o amigo, persistentemente, continuasse a se postar à minha cabeceira, insuflando-me pensamentos de reconforto, coragem e bom ânimo, aliados à aplicação do passe e ao benefício da oração.

Para surpresa do meu companheiro, houve um momento em que recobrei a consciência e, com sofreguidão, comecei a descrever as cenas que divisei durante o estado de "quase morte". Esse fenômeno, já conhecido de todos nós, tem sido relatado por muitos que já passaram pela mesma experiência, mas que sobreviveram para relatar o que lhes ocorrera no estado de inconsciência total.

– Meu caro amigo!

Se o que acabei de vivenciar for a resultante do fenômeno provocado pela chamada morte, rogo a Deus que apresse o meu regresso. Não saberei precisar por quanto tempo estive numa belíssima região do astral, onde a atmosfera rarefeita fazia meu corpo flutuar, dando-me sensação de leveza e rejuvenescimento. Para ser franco, gostaria de ter ficado por lá, sem vincular-me novamente às amarras deste corpo físico, em desagregação.

Todavia, no dia seguinte, à tarde, o coma voltou com toda intensidade. Mesmo assim, em estado de inconsciência, eu registrava tudo o que se passava à minha volta, sem, entretanto, poder falar.

Dali em diante, embora Artêmio continuasse a me visitar, não foi mais possível lhe falar. Somente agora, como Espírito desencarnado, é que posso descrever o que se passou comigo nos instantes finais da minha desencarnação.

Capítulo 5

Consciência pré-agônica

Depois dos registros da quarta visita, Artêmio, responsável pelas anotações, continuou visitando-me regularmente na companhia de alguns companheiros do nosso agrupamento espírita, para a aplicação do passe e a realização da oração em meu favor. Apesar de não mais poder reagir, pelo estado de inconsciência em que me encontrava, registrava, em Espírito, os diálogos confortadores dos nossos irmãos encarnados, o que me proporcionava consoladora esperança e bem-estar espiritual, até que, certo dia...

– Artêmio – perguntou uma jovem inexperiente, que fazia parte do grupo que me visitava naquela oportunidade, com o objetivo de aprendizado –, por que nosso irmão Inocêncio reluta tanto em partir?

Percebendo a ingenuidade da pergunta, ele respondeu:

– À primeira vista, numa observação apressada, tem-se a impressão de que nosso irmão deseja permanecer encarnado, resistindo ao processo de desligamento do corpo físico, próprio dos que se apegam em demasia ao mundo material. Entretanto, esse não é o caso de Inocêncio, que detém conhecimento sobre essa questão. Permanece em estado de morte aparente para, provavelmente, evitar um período mais prolongado de readaptação no mundo espiritual.

– Como assim?

– Inocêncio – esclareceu Artêmio –, por certo, ainda purga, nestes instantes finais que antecedem a sua partida, o pouco do que ainda lhe resta de testemunho, para ganhar definitivamente a sua reencarnação. É sabido, pelo que temos sido informados, que nesses derradeiros instantes, o Espírito registra, na sua tela mental, todo o desenrolar da sua vida existencial. No caso sob nossa observação, Inocêncio se beneficia desses momentos finais fazendo um rápido balanço da sua vida, com a vantagem de poder, ainda na carne, aspirar por um planejamento futuro de nova reencarnação, o que, em realidade, é um fenômeno muito raro para os Espíritos de mediana elevação.

A jovem, que parecia encantada com as elucidações, voltou a considerar:

– Mas como seria esse momento para o Espírito que não tivesse os predicados do nosso Inocêncio? Temos conhecimento de muitos que se comprometeram durante a vida, mas que também demoraram para se despojar dos liames carnais.

– Não existe padrão de comportamento no momento que antecede à desencarnação. No caso a que você se refere, nessa hora crucial, pelo sentimento de culpa, eles relutam em deixar o corpo para não se confrontarem com a nova realidade que os aguarda na vida espiritual. Entretanto, muitas vezes, o arrependimento sincero, embora tardio, encontra atenuante na Justiça Divina.

Insistindo na questão, nossa irmã voltou a perguntar:

– E como fica a situação dos que não se arrependem?

– Aí, minha cara irmã, fica por conta deles próprios, até que, um dia, acicatados pela dor, consoante os impositivos da Lei do Progresso, resolvem voltar-se para Deus, conforme nos elucida a parábola do Filho Pródigo.

Satisfeita com as explicações, a jovem deu o assunto por encerrado. Eu a tudo registrava, embora na condição de Espírito, praticamente desencarnado.

Por essa razão, posso afirmar que os comentários em presença do moribundo devem ser respaldados no mais profundo respeito de solidariedade cristã.

Finalmente o meu desligamento definitivo

Aos poucos, sentia o relaxamento dos laços perispirituais. A impressão que tinha era de que estava sendo aspirado suavemente por algo que neutralizava a força de atração que o corpo físico ainda exercia sobre o meu Espírito imortal. Paulatinamente, fui desfalecendo, mas, ainda assim, percebia Espíritos que, à minha volta, trabalhavam no meu desligamento definitivo. Esse estado me propiciava maior lucidez para a identificação com o mundo espiritual, pois que me encontrava agora no limiar do astral. Nesse ponto da transição, senti um leve choque e perdi a consciência. Mais tarde, fui informado de que, naquele momento, os Benfeitores haviam rompido definitivamente o laço que ainda me aprisionava ao corpo, fenômeno inverso ao do renascimento, quando se inicia o processo da junção molecular do perispírito com o corpo físico em formação. O meu estado de perturbação durou muito pouco, pois logo despertei no leito de uma cama, aconchegado por alvos lençóis. De imediato, percebi que já havia desencarnado. O conhecimento adquirido com o estudo do Espiritismo não deixava dúvidas de que já me encontrava no mundo espiritual. Enquanto repensava sobre os últimos acontecimentos que antecederam à minha desencarnação, alguém bateu delicadamente à porta do meu quarto. Era uma senhora que se identificou como sendo Ernestina, enviada de Cornélio.

– Meu irmão – falou com entonação fraternal –, fui designada pelo nosso Benfeitor para encaminhá-lo aos novos afazeres, que o aguardam após sua alta hospitalar.

Fiquei exultante com a notícia porque, aliás, como aí na Terra, ninguém gosta, ainda que por pouco tempo, de permanecer no leito de um hospital.

– E quando se dará isso, minha irmã?

– Pelo que fui informada, ainda hoje, no final da tarde. Amanhã, logo cedo, estarei aqui para acompanhá-lo, numa andança de reconhecimento pelas dependências da nossa Colônia.

E, revitalizado pelas energias novas, recebidas durante o processo de tratamento, mal podia esperar pelo dia seguinte, ansioso para deambular fora das dependências do hospital. Naquela manhã, acompanhado de Ernestina, saí. Cá fora, a paisagem agreste exalava suave aroma dos canteiros em flor. Bancos bem-dispostos e harmonicamente integrados com a natureza ofereciam conforto para o descanso e a meditação.

Recolhemo-nos a um deles, debaixo de um caramanchão, engrinaldado por delicadas flores multicoloridas, que davam beleza e graça harmônica na composição com a natureza.

Enquanto meditava na continuidade da vida no Além, confirmando e superando as expectativas de tudo o que aprendera, quando encarnado, nas lides espiritistas, percebi que Ernestina desejava falar alguma coisa a respeito das atividades que eu passaria a desempenhar doravante.

Capítulo 6

Atividades fora do hospital

– Meu irmão! Vencida a primeira etapa da sua recuperação, fui encarregada, como você já sabe, de prepará-lo para enfrentar a realidade fora do nosso hospital. Estamos localizados geograficamente nas proximidades de Florença, na região da Toscana, Itália[1]. Apesar do confronto já haver terminado há muito tempo, algumas almas, traumatizadas pelo horror da guerra, ainda permanecem ligadas à psicosfera do local, onde desencarnaram. Dentre elas, encontram-se Demétrio, cunhado de Alfredo, e outros Espíritos, supondo que a guerra ainda não acabou. Reunidos em magotes, Demétrio lidera um grupo de soldados a serviço de Mussolini, sem se dar conta de que o temível ditador também já desencarnara. Você foi designado, com a interveniência de Alfredo, tão logo se recomponha, para ajudar no resgate desses irmãos "adormecidos", utilizando-se da

---

[1] Não estranhem o fato de eu ter desencarnado no Brasil e ter sido recolhido numa Colônia Espiritual na Itália, pois a cidadania do Espírito é mais abrangente, além do fato de que isso facilitaria o meu trabalho de resgate junto aos irmãos ex-combatentes, conforme já mencionado.

influência e da liderança que Demétrio ainda exerce sobre seus comandados.

Diante do convite inusitado, perguntei:

– E quando se dará isso?

– Proximamente – respondeu-me e, tomando-me pela mão, solicitou que a acompanhasse.

Não longe dali, divisamos um edifício, estilo gótico, circundado por frondosas árvores, tendo um repuxo de água cristalina bem à sua frente. No seu frontispício, estava a frase já conhecida dos espíritas: *nascer, morrer, renascer ainda e progredir sem cessar, tal é a Lei*. Algumas pessoas, recostadas nos bancos bem-dispostos, conversavam animadamente.

A princípio, julguei tratar-se de Espíritos que buscavam, ao ar livre, a troca de impressões para algum tipo de planejamento, pois carregavam prancheta, papel e lápis e faziam anotações periodicamente. Percebendo-me a curiosidade, refletida no olhar indagador, Ernestina apressou-se em esclarecer-me:

– São nossos irmãos que, em vias de preparação, planejam voltar à Terra sob a supervisão dos nossos Maiores.

De fato, ao chegarmos, fomos recebidos à porta de entrada pela irmã Marcolina, veneranda entidade que deixava espraiar, à sua volta, contagiante magnetismo, infundindo respeito sem, todavia, constranger-me pela simplicidade do acolhimento.

— A que devemos a honra, irmã Ernestina? Vejo que trazes mais um irmão para, juntos, estudarmos as lições do Mestre Jesus, em favor da nossa evolução.

— Sim, venerável irmã. Recebi a incumbência de trazer-vos o nosso Inocêncio, recentemente chegado da Terra, e que, tão logo esteja preparado, receberá a incumbência de nos ajudar no resgate de alguns irmãos que ainda se encontram presos nas teias da psicosfera terrestre.

O diálogo fluiu ameno, até que Ernestina se despediu, deixando-me agora aos cuidados de Marcolina, que me conduziu, sem demora, ao interior do edifício.

Do seu círculo central, em formato de estrela, cinco corredores luminosos distendiam-se, nomeados por alas compostas de salas, destinadas a atividades diversas.

A minha estupefação não tinha limites, de vez que, lá de fora, não podia imaginar a harmonia arquitetônica da decoração interior.

— As salas — esclareceu Marcolina — levam nomes sugestivos, inspirados nos ensinamentos do Evangelho de Jesus. Veja, por exemplo, esta bem à nossa frente.

Incontinenti, olhei para o alto e li, num painel luminoso, a inscrição *Esperança*.

– Esta sala – continuou – é destinada aos estudos teóricos sobre a reencarnação. Enquanto aquela outra, mais adiante, à nossa esquerda, nomeada *Redenção*, complementa-se com esta, onde as almas são preparadas para o exercício prático de tarefas edificantes em suas futuras reencarnações.

Outras desfilaram sob a minha ótica, tais como *Humildade*, *Caridade*, *Perdão*, *Reconciliação*, etc.

Notei, principalmente, as ausências do Orgulho e do Egoísmo, sentimentos negativos muito questionados nos meios religiosos, mormente nas lides espiritistas. Nem foi preciso perguntar, porque Marcolina, parecendo ler o meu pensamento, esclareceu com bondade:

– Meu querido irmão, aqui a nossa didática é um pouco diferente da praticada na Terra. Trabalhamos com as antíteses dos maus sentimentos, ou seja, contrapomos o Orgulho com a Humildade, o Egoísmo com a Caridade, a Vingança com o Perdão e assim por diante, entendeu?

– Quer dizer, então, que os Espíritos aqui matriculados...

Sem deixar-me concluir, a benfeitora antecipou:

– Sim, eles já detêm um certo grau de entendimento,

ansiando pela regeneração, o que torna mais fácil trabalhar o seu lado positivo. Veja, como exemplo, o Perdão, que se contrapõe ao sentimento de Vingança.

– Sim – redargui –, mas superado esse ímpeto, como trabalhar o esquecimento das ofensas?

– Ah, meu caro, é preciso entender que o esquecimento virá depois, tal qual a ferida que precisa da contribuição do tempo para ser cicatrizada.

Continuando nossa caminhada em direção ao gabinete da Coordenadoria, chamou-me a atenção uma sala, emoldurada no seu frontispício com a inscrição *Despertar da Consciência*.

Olhei para a Benfeitora como que pedindo explicações, mas, a essa altura, já estávamos defronte à porta de entrada da Coordenadoria.

Percebendo-me o anseio de novas elucidações, pediu-me que esperasse, enquanto se dirigia para outros afazeres, limitando-se a dizer:

– Logo saberá.

Capítulo 7

Nova tarefa

Roberto, o Coordenador, recebeu-me cortesmente e, num gesto de simplicidade, pediu que me acomodasse em um sofá bem à sua frente; dirigindo o olhar na minha direção, falou, em tom paternalista:

– Meu filho! Por intercessão dos Espíritos que avalizaram a sua última encarnação, estaremos propondo, a partir de agora, o seu engajamento no resgate de algumas almas que, embora desencarnadas, ainda se encontram ligadas ao torvelinho das paixões. Você já deve ter sido informado anteriormente a esse respeito, porém gostaria da sua anuência para que participasse do curso sobre o despertar da consciência. Com sua concordância, nossa irmã Marcolina providenciará sua inscrição ainda hoje, e você poderá adquirir subsídios valiosos, que objetivam o sucesso dessa empreitada de logo mais.

Entre admirado e respeitoso, anuí com um gesto de cabeça, acrescentando a seguir:

– Venerável Coordenador, com a permissão de Jesus, nosso Mestre e Senhor, estarei pronto para colaborar no que estiver ao meu alcance.

Roberto sorriu satisfeito e passou a explicar como seria minha participação nesse arrojado projeto de resgate.

E, ao despedir-me, fui envolvido no estreitamento de um forte abraço de Roberto, que, sussurrando aos meus ouvidos, acrescentou:

– Desejo-lhe, meu filho, votos de muita paz e muito êxito no trabalho enobrecedor.

De volta, irmã Marcolina conduziu-me até a sala onde receberia as primeiras informações, objetivando minha nova tarefa na crosta planetária, e deixou-me aos cuidados do irmão Lauro, o responsável por aquele curso de iniciação.

Recebido com afabilidade, ele imediatamente expôs, em rápidas palavras, como seria minha participação no projeto de resgate dos Espíritos sob o comando do ex-cunhado de Alfredo.

Demétrio, como já foi dito anteriormente, detinha certa liderança sobre aquele reduzido grupo de soldados, à época, a serviço do ex-ditador Benito Mussolini. Imaginei que teria um treinamento coletivo, com os demais Espíritos matriculados naquele Núcleo de Instrução, mas, surpreso, porque não via ninguém à minha volta, questionei o irmão sobre a ausência dos demais.

– Como já foi dito – respondeu-me –, aqui, a técnica de ensino é um pouco diferente dos cursos convencionais ministrados na Terra. Preferimos a orientação individual para depois nos reunirmos e fazermos a troca de impressões e experiências grupais. Cada tarefeiro terá o seu Instrutor particular para, depois, serem traçadas estratégias de trabalho conjunto[1]. Amanhã, bem cedinho, explicarei a você os detalhes da missão.

Mais uma vez, fiquei boquiaberto com a agilidade das decisões tomadas no mundo espiritual.

Fui informado de que já estava à minha disposição um alojamento na ala residencial do edifício, com direito a escrivaninha para anotações, um exemplar do *O Evangelho Segundo o Espiritismo* e um aparelho de som, interligado com a central de comunicações.

Um discreto relógio à direita da cabeceira da cama apontava dezessete horas e trinta minutos.

Lembrei-me de que, quando encarnado, costumava, sempre que possível, fazer as minhas orações às dezoito horas, momento esse muito solene para grande parte dos cristãos, denominado "a hora da Ave-Maria".

---

[1] No plano espiritual, as aulas não são massificadas pela quantidade de alunos como na Terra, quando o aproveitamento, na maioria das vezes, fica prejudicado pela dificuldade individual de assimilação.

Acomodei-me num macio e confortável sofá para as meditações. Liguei o som e uma voz feminina, acompanhada de suave melodia, anunciava o início da oração coletiva para logo mais.

Enquanto isso, deixei fluir meu pensamento em direção à Terra. Recordava-me das preces em favor dos necessitados, levadas a efeito no reduto do Centro Espírita que frequentava. Quanto aos desencanados, fazia isso quase que mecanicamente, sem me dar conta de que muitos dentre eles, pelos quais orava, encontravam-se, mentalmente, ligados à Terra, ainda presos pelas algemas vibratórias dos interesses mundanos.

Questionava comigo mesmo a razão de essas almas aturdidas não poderem ser socorridas diretamente pelos Benfeitores desencarnados, sem a intermediação dos chamados médiuns a serviço do Espiritismo na Terra. Logo mais, seria elucidado sobre esse meu questionamento íntimo.

Mergulhado nessas reflexões, fui despertado pelo anúncio da oração.

A voz feminina fez-se ouvir novamente, conclamando os ouvintes a acompanhá-la.

Após alguns instantes de silêncio, com um fundo musical dando azo para a concentração, a oração foi iniciada.

– Senhor Jesus, Mestre de todos nós!

Digna-Te atender as nossas súplicas em favor dos que aqui se encontram, egressos recentemente da experiência carnal.

Sabemos o quanto nos tem custado a invigilância, pelo descaso dos afazeres que nos diziam respeito, junto ao Teu trabalho responsável, na semeadura do amor.

Entretanto, hoje, Senhor nosso, depois de muitas oportunidades perdidas, pela inconsequência da nossa irreflexão, a Tua Misericórdia ainda assim nos acena com a oportunidade de um novo recomeço, para dignificante labor.

E porque aprendemos Contigo que o auxílio dispensado em favor do próximo é dádiva que se volta para nós, aqui nos encontramos, reeducando nossas almas distraídas para um despertar de nova consciência no prumo do sumo bem.

Ajuda-nos a partilhar as graças recebidas, em forma de esperanças, com os nossos irmãos necessitados que, embora desencarnados, ainda se encontram jungidos à psicosfera terrestre no torvelinho das paixões.

O serviço de som coletivo alcançava também a parte externa do edifício. Senti uma emoção muito forte e, como que transportado para fora, localizei-me junto aos demais Espíritos, que ali também se aglomeravam no reduto da natureza, sob as blandícies da oração. E, nesse instante, quando uma chuva de luz diamantina se espraiou por sobre todos nós, a locutora concluiu:

– Dessa forma, Senhor, permita aos novos tarefeiros, aqui matriculados, a bendita oportunidade de trabalharem na crosta planetária, em favor dos nossos irmãos.

Terminada a prece, da mesma forma que havia me transportado para fora, retornei. Acredito que os demais Espíritos, assim como eu, também buscaram instintivamente o contato com a natureza, beneficiando-se dos recursos vitais por ela disponibilizados, durante o tempo que durou a oração.

Capítulo 8

Explicações necessárias

O dia amanheceu sob a expectativa de forte emoção porque, logo após o café da manhã, teria as primeiras explicações sobre o despertar da consciência. Dirigi-me, então, até a sala onde já se encontravam vários Espíritos, igualmente ansiosos, aguardando a entrada do instrutor. Na realidade, fomos surpreendidos, porque agora se tratava de uma jovem instrutora, muito linda, diga-se de passagem, mas nada que lembrasse a beleza sensual tal como é conhecida na Terra. Após saudar-nos cortesmente, pediu que cada um fizesse a sua própria apresentação, após o que nos falou com ternura:

– Meus queridos irmãos, Jesus sempre conosco! Sou Marina, humilde servidora, designada para ensinar e aprender com vocês a arte sublime do amor intercessor, exemplificado por Jesus. E, para que as recordações mais fortes que marcaram nossa última existência não interfiram em nosso trabalho promissor, precisamos aprender a disciplinar as emoções.

Nesse momento, levantei discretamente a mão para lhe fazer uma indagação, já que era permitido esse tipo de intervenção.

Prontamente, a instrutora interrompeu a sua fala e, balouçando positivamente a cabeça, esperou que eu perguntasse.

– Perdoe, minha irmã, mas como controlar as emoções quando elas se nos afloram instintivamente diante de um fato constrangedor? Recordo-me de que, quando na Terra, vezes sem conta revoltava-me com a situação de descalabro, veiculada pela mídia nos noticiários policiais. Qual seria, então, o segredo para não cair nas malhas da perturbação?

Antes que eu completasse a pergunta, nossa irmã respondeu:

– Entendo a sua preocupação, e é para isso que estamos aqui, a fim de iniciarmos esse estudo teórico, que será colocado em prática nas tarefas de socorro aos irmãos desencarnados, ainda ligados à crosta planetária.

E, sorridente, acrescentou:

– Os cursos na esfera espiritual têm conotações diferentes por priorizarmos mais a parte prática, que nos adestra com mais proficiência para um futuro trabalho de realizações. Dessa forma, falaremos um pouco sobre o assunto, já adiantado a vocês, aproveitando para lembrar a assertiva de Jesus sobre o vigiar e orar para não cair em tentação. Como sabemos, o Espírito encarnado é constituído de três elementos, se assim podemos nos expressar: o Espírito propriamente dito, o Perispírito, também designado pelo Apóstolo Paulo como Corpo Astral, ou ainda, segundo outros, como Modelo Organizador Biológico, e o Corpo Somático.

Os dois primeiros são indestrutíveis, isto é, imortais, pois que sobrevivem à disjunção celular. Quanto ao corpo físico, que serviu de morada para o Espírito imortal, pelo fenômeno da morte se desintegra, e os átomos que o compunham são devolvidos ao laboratório da natureza, indo contribuir, assim, para a formação de outros elementos materiais. Enquanto encarnado na Terra, o Espírito serve-se do corpo para colher as impressões do mundo físico pelos órgãos sensoriais. São eles: a visão, a audição, o olfato, o tato e o paladar. Limitadíssimos, diga-se de passagem, pois que, principalmente no caso da visão e da audição, o Espírito encarnado não consegue registrar as nuanças das cores ou os decibéis do som, além de determinadas faixas perceptíveis ao sensório comum.

Alguém levantou a mão pedindo a palavra. Era o companheiro Nestor, que, ao receber a aquiescência para formular o seu questionamento, foi logo perguntando:

– Querida benfeitora. E como classificar algumas

pessoas, que conseguem captar os registros além dessas faixas, normalmente imperceptíveis? Quando na Terra, diziam que eram dotadas do sexto sentido. Poderia esclarecer melhor essa questão?

– Em realidade, meu filho, a mediunidade é ainda muito pouco conhecida e estudada na Terra para explicar esse tipo de fenômeno. E, por desconhecer os seus mecanismos, muitas vezes, o sensitivo é definido apenas como um ser paranormal, o que não deixa de ser verdade se analisarmos alguns casos muito especiais[1]. Podemos, então dizer que nem todo paranormal é médium, no sentido lato da palavra, mas que todo médium é também um paranormal.

– Mas – retrucou o aprendiz –, e os que não são espíritas praticantes...?

– Mesmo assim, meu caro Nestor, embora não exerçam a mediunidade ostensiva, eles são dotados dessa faculdade que, à sua revelia, coloca-os em contato com o mundo espiritual. Além do mais, nem sempre necessitamos da interveniência dos Espíritos para adentrarmos e intermediarmos as sutilezas do mundo extracorpóreo. Agora, quando os Espíritos atuam diretamente por intermédio do médium, a coisa é diferente. Aí não há como negar esse intercâmbio mais estreito entre encarnados e desencarnados.

Concluída a explicação, e depois de mais algumas

---
[1] *O Livro dos Médiuns*, cap. XIV, Dos médiuns, item 159.

considerações finais, nossa Benfeitora deu por encerrada a reunião.

No dia seguinte, rumaríamos sob a sua tutela para as experiências práticas junto à crosta planetária.

De retorno aos meus aposentos, mal podia esperar por essa oportunidade, quando colocaria em prática toda a teoria absorvida nesse curto espaço de tempo, pois, no mundo espiritual, a dinâmica do aprendizado e sua absorção são indescritíveis à linguagem e compreensão humanas.

Capítulo 9

Preparativos

Logo de manhãzinha, reunimo-nos no átrio do Pavilhão sob a coordenação de Marina, que considerou após as recomendações iniciais:

– É de suma importância que, durante o trajeto em direção à crosta, mantenhamo-nos em prece, com o pensamento voltado para o trabalho em nome de Jesus.

Notarão, à medida que formos descendo, mudanças vibratórias consideráveis, causadas pelas mentes em desalinho dos nossos irmãos encarnados. Será a oportunidade de começarem a exercer o controle das emoções, não se deixando influenciar pela absorção dessas variações vibratórias que, de certa forma, causarão um ligeiro mal-estar durante o nosso trajeto.

E, retomando a iniciativa da palavra, convidou-nos à oração.

– Senhor Jesus! Fortalece-nos na coragem, tanto quanto no bom ânimo e na determinação, a fim de que nossa aproximação seja facilitada, para melhor podermos servir aos nossos irmãos. Embora a nossa pequenez ante a nobilitante tarefa que nos aguarda, desejamos firmar um compromisso Contigo, na realização do melhor trabalho a fazer, em nome do Teu Amor. Ajuda-nos, portanto, no ensejo desta oportunidade, a levarmos aos irmãos em sofrimento os esclarecimentos necessários, para que se libertem definitivamente das algemas que ainda os prendem às ilusões do mundo, causando-lhes desconforto e superlativa dor. Sabemos não ser fácil o labor na Tua seara de lutas e, por isso mesmo, nós Te pedimos amparar-nos nos obstáculos difíceis que por certo advirão. Todos os trabalhadores da primeira hora, que compuseram o Teu Colégio Apostolar, conheceram de perto a sanha das autoridades constituídas, que promoviam as festividades horrendas dos circos romanos, proporcionando à turba enlouquecida um espetáculo sangrento de dor. Hoje, Senhor, não mais o testemunho evocado aos Teus seguidores pelo poder temporal dos Césares romanos. Agora, a luta há que ser travada na intimidade de cada um, pelo esforço da conquista íntima da autolibertação. Urge buscarmos a valorização desse predicado, extirpando do nosso coração os sentimentos da vaidade, do orgulho e do egoísmo, que nos levaram a quedas espetaculares, nas vivências passadas, dificultando-nos o progresso espiritual de ascensão para Deus. A conscientização de tudo isso, Senhor, desperta em nós a responsabilidade, para darmos início ao labor que pretendemos realizar junto aos nossos irmãos equivocados.

Marina se expressava com tamanha humildade, que as lágrimas brotavam espontâneas dos nossos olhos, causando-nos indescritível emoção. Luzes diamantinas, atraídas pela rogativa da nossa Benfeitora, advinham do Mais Alto, cascateando sobre nossa cabeça e alojando-se na intimidade do nosso coração.

Confesso que jamais havia sentido tamanha plenitude espiritual.

Ao encerramento da sua oração, Marina falou, emocionada:

– Dessa forma, querido Mestre, sob o comando das Tuas Bênçãos Misericordiosas, iniciamos, a partir de agora, o processo de descida, em direção à crosta planetária, onde o trabalho nos aguarda ao encontro dos nossos irmãos.

Sê conosco, Senhor, hoje e sempre. Assim seja.

Ao concluir a sua prece, Marina nos informou:

– Antes das atividades que nos aguardam aqui no continente europeu, visitaremos alguns agrupamentos espíritas localizados em terras do Brasil[1]. Essa visita faz parte do nosso roteiro de aprendizado, objetivando colhermos informações que muito nos ajudarão no resgate dos nossos irmãos vitimados pela guerra que já terminou.

---

[1] À época, quase inexistia, na Europa, Centros Espíritas com estrutura doutrinária adequada, para atender aos nossos irmãos desencarnados, dentro dos padrões estabelecidos pela Codificação.

Capítulo 10

Atendimento

À medida que caminhávamos, percebi que a psicosfera se adensava. Eu, particularmente, sentia um pouco de dificuldade para deambular. A respiração se me tornou ofegante e só então percebi que todos os demais, à exceção de Marina, apresentavam a mesma dificuldade. Nossa jornada já durava cerca de vinte minutos, quando a Benfeitora nos convidou para descansar, a fim de refazermos as forças necessárias para vencer os obstáculos finais. Aproveitando esse curto espaço de tempo, Marina considerou:

– O cansaço, aqui, difere daquele experimentado quando o Espírito se encontra revestido do corpo carnal. Lá, ele como que se arrasta pesadamente sobre o solo, enquanto aqui, devido à ausência do corpo físico, já não necessita de tanto tempo para repousar, exceção feita aos Espíritos de elevação mediana, cuja densidade perispiritual dificulta a sua locomoção, quer seja pelo processo natural de deambulação, ou capacidade de volitar.

De fato, percebíamos isso, comparando-nos com a Benfeitora, que não apresentava o mínimo sinal de cansaço.

Depois de alguns minutos, reiniciamos a trajetória e, já nas proximidades da crosta, surpreendentemente, a psicosfera pesada tornou-se menos densa, provavelmente amenizada pela incidência da luminosidade solar, que emoldurava a paisagem terrestre de raios multicoloridos naquela hora crepuscular. Nesse momento, Marina interrompeu mais uma vez a nossa marcha para repassar as orientações finais.

Eram, aproximadamente, dezenove horas quando adentramos os portais de uma instituição espírita. Pelo que pude perceber, a nossa presença já era aguardada, pois que fomos recebidos efusivamente por uma entidade venerável que, pela ascendência sobre os demais trabalhadores desencarnados, deduzi tratar-se do responsável pelas atividades da noite. Genivaldo expedia orientações aos Espíritos sob o seu comando, desde os que cuidavam do círculo magnético de proteção ao redor da Casa até aqueles encarregados dos registros dos irmãos que seriam submetidos ao diálogo, durante o transcorrer das comunicações. Marina fez ligeira apresentação de cada um de nós, após o que Genivaldo nos deixou inteiramente à vontade para colaborar.

A chegada dos trabalhadores encarnados foi marcada

por absoluto silêncio, sem alarde e cada um se posicionou, após os discretos cumprimentos, nos seus respectivos lugares para que fosse dado início ao trabalho da noite.

Depois da leitura de pequenos trechos do *O Livro dos Espíritos*, do *O Livro dos Médiuns*, e do *O Evangelho Segundo o Espiritismo*, seguida de ligeira prece, a parte prática da reunião foi iniciada.

Sob a coordenação de Teotônio, encarregado dos esclarecimentos junto aos Espíritos comunicantes, apresentou-se uma entidade muito sofrida, clamando por misericórdia, pois que havia cometido o suicídio por enforcamento.

O seu desespero era cruel. Clamava por socorro, fazendo com que a médium levasse as mãos à glote, como que desejando se desvencilhar do lençol que lhe servira de corda para o ato tresloucado. Enquanto Teotônio tentava acalmar o Espírito agitado, um dos médiuns de sustentação aplicava-lhe, simultaneamente, com os recursos do passe, energias balsâmicas no sentido longitudinal. Aos poucos, o infeliz irmão foi se aquietando, dando ensejo ao diálogo esclarecedor. Como forma de desabafo, ele foi descrevendo os motivos que o levaram a cometer o suicídio. Teotônio deixou que, motivado pelo arrependimento, o Espírito extravasasse toda a sua dor, narrando, em detalhes, a sua desilusão ao defrontar-se com a própria vida além da vida, sem que tivesse conseguido se livrar dos problemas que, na Terra, segundo sua ótica equivocada, causavam-lhe tantas aflições. Depois de algumas considerações e, como que desejando não somente esclarecer e consolar a entidade infeliz, como também a muitos outros Espíritos que ali se aglomeravam para receberem os benefícios da noite, o doutrinador concluiu:

– A vida na Terra é uma dádiva de Deus! Preciosa concessão divina nos possibilita, por meio das sucessivas reencarnações, atingirmos as culminâncias do progresso espiritual, Lei Divina a que todos estamos submetidos pela fatalidade da evolução. Nessas circunstâncias, o corpo físico funciona como um mata-borrão do Espírito encarnado, possibilitando-lhe exercer o aprimoramento espiritual tão necessário para a sua purificação. Aos sinceramente arrependidos, a Misericórdia Divina sempre acena com a oportunidade do recomeço, mediante uma nova encarnação. Dessa forma, meu irmão, cabe agora a você a disposição de reiniciar uma nova vida, consoante os dispositivos da vontade, sem descoroçoar.

– Mas como? – atalhou a entidade sofredora – Como esquecer o ato de rebeldia, e onde haurir novas forças para tanto se...?

Sem deixar o Espírito desesperado concluir o seu lamento, Teotônio aparteou:

– É evidente que o esquecimento não se dará instantaneamente, como o passar de uma esponja sobre os nossos equívocos do passado. Todavia, aos poucos, ele vai se diluindo pelo esforço de renovação e pela disposição de recomeçar. Assim, quanto às forças a que você se refere, elas advirão naturalmente pela complementação da ajuda espiritual que lhe será dispensada. O *vinde a mim todos vós que sofreis e andais sobrecarregados*, proclamado por Jesus[1], tem aqui a sua aplicação prática, porque com Ele, todo fardo se torna leve e o jugo suave.

O ex-suicida agradeceu e nada mais falou.

Socorrido e mais aliviado pelos recursos das energias magnéticas do passe, logo em seguida adormeceu.

Depois de mais alguns minutos, apresentou-se outra entidade sofredora. Dessa vez, a problemática era o seu estado de confusão mental. O Espírito acreditava-se ainda em vida, pois que perambulava sem rumo depois de tentar inutilmente o diálogo com seus familiares. Achava estranho o fato de não registrarem a sua presença no lar e desejava explicações convincentes, pois soubera, por outros companheiros, que, a exemplo deles próprios, também já havia desencarnado.

– Como isso é possível – clamava, conturbado –, se o mundo à minha volta é consistente e palpável?

– Ocorre, meu querido irmão, que o mundo espiritual

---
[1] Mateus 11:28

não é vaporoso e sem formas como muitos supõem imaginar. Ele é constituído de matéria fluídica, o que possibilita ao Espírito desencarnado senti-la como se no mundo físico estivesse.

Ainda assim, não foi fácil convencer o Espírito de sua nova realidade no mundo espiritual, do qual agora ele também fazia parte, a exemplo dos demais. O convencimento finalmente veio quando ele se deu conta de que dialogava com Teotônio pela intermediação de outra pessoa e que, para seu espanto, era uma mulher.

Convencido dessa realidade, ele foi retirado e levado para esclarecimentos complementares no mundo espiritual.

Outras comunicações tiveram o seu curso natural, após o que foi encerrada a reunião.

Marina agradeceu a Genivaldo pela nossa oportunidade de aprendizado e, ato contínuo, despedimo-nos do venerável Benfeitor.

Antes de partirmos, solicitamos à Benfeitora que tecesse algumas considerações a respeito das duas comunicações, que reputávamos importantes para nosso aprendizado. Desejávamos saber um pouco mais sobre o desdobramento do atendimento que seria dispensado àqueles dois irmãos necessitados, no Mais Além.

Capítulo 11

Esclarecimentos

O Espírito suicida

Atendendo à nossa solicitação, Marina comentou:

– Comecemos pelo depoimento do Espírito suicida que, como vocês já sabem, ao final do diálogo, foi adormecido. Posteriormente levado para uma Unidade Hospitalar, localizada nas proximidades da crosta planetária, onde receberá tratamento adequado durante um largo espaço de tempo, preparando-se para uma nova experiência carnal. Todavia, após equilibrar-se, será adestrado para submeter-se ao engajamento de projetos sociais que objetivem promover sua reeducação espiritual no trabalho em prol dos irmãos encarnados que estejam alimentando a ideia perturbadora da autodestruição. Nessas atividades, ganhará experiências e fortalecimento moral para o enfrentamento da expiação a que inevitavelmente estará sujeito, no decorrer da próxima encarnação. Poderá, por exemplo, renascer com problemas de afasia.

– Então, esta será a punição do pobre infeliz? – perguntei, já me arrependendo da pergunta intempestiva, pois sabia que não existem punições, mas, sim, experiências para o aprendizado necessário.

– Não se trata de punição – confirmou a Benfeitora. – Na Terra, costumamos imputar a Deus o chamado castigo pela desobediência ao cumprimento das diretrizes estabelecidas pelo Seu Código de Amor e de Justiça. No entanto, já afirmava Jesus, em outras palavras, que a semeadura é livre, mas ninguém escapa do impositivo da colheita. Ratificando a verdade dessa assertiva, o Espiritismo nos fala do livre-arbítrio, ou seja, deixar a cada um a livre escolha das suas preferências pessoais, porém com responsabilidade.

– Mas, então – insisti, quase impertinente –, quem imporá as sequelas ao suicida que irá renascer?

– Ele próprio.

– Como assim? – redargui, espantado. – Poderia elucidar melhor essa questão?

– Como não? No momento que antecede ao seu renascimento, por ocasião da fecundação, o Espírito do suicida imprime, através da região lesionada do seu perispírito, as descompensações vibratórias no feto em formação, resultando daí o nascimento do corpo físico mutilado, a exemplo de uma forma comprometida, responsável pela deformação.

Os materialistas atribuem a esse tipo de fenômeno a consequência da má-formação congênita, no que não deixariam de ter razão se não remontassem a uma causa anterior que explicasse essa aberração.

O Espírito errante

– Quanto ao segundo Espírito depoente, vale ressaltar que o seu estado de confusão mental era fruto do seu desconhecimento da realidade do mundo espiritual. Também ficou patente a pouca convivência com a prática religiosa, o que lhe poderia atestar a certeza da sua sobrevivência como Espírito imortal.

O apego à matéria, meus irmãos, dificulta o desprendimento do Espírito e o seu despertar após a morte. Embora supusesse, mediante o depoimento de outros companheiros, que igualmente já havia desencarnado, ele relutava em acreditar e assemelhava-se a alguém que, impossibilitado de voltar para casa, pelas condições adstringentes do local, fosse alienando-se aos poucos, até o estado de confusão mental.

Depois dessas explicações, continuamos a nossa jornada.

A madrugada já ia alta quando nossa Benfeitora nos convidou, mais uma vez, a repousar. Procuramos um abrigo que nada mais era do que um Posto de Socorro avançado do mundo espiritual. Tinha por finalidade atender os irmãos recém-desencarnados, egressos de um hospital especializado no tratamento de alienados mentais. Depois desse rápido repouso, sob a anuência do coordenador do Abrigo, fomos convidados pela nossa Benfeitora para aproveitarmos o tempo ainda disponível colaborando com os trabalhos da Casa.

Dentre os atendidos, chamou-nos a atenção um senhor aparentando ter uns quarenta e cinco anos de idade. Reclamava haver sido subtraído do local onde se encontrava, embora lhe tenham sido dispensados todos os recursos necessários para a sua readaptação no mundo espiritual. Continuava queixoso e desejava voltar.

— Vejam — esclareceu a Benfeitora —, aqui temos um caso típico de apego, que foge aos padrões convencionais. Nosso irmão resiste ao tratamento que lhe propiciaria enorme bem-estar, insistindo em retornar aonde se encontram os seus iguais.

Aproveitando a oportunidade, já que ali estava em aprendizado, pedi permissão para conversar com esse Espírito.

O meu desejo não era movido pela curiosidade. Intencionava colher algumas informações que pudessem explicar a sua relutância em permanecer no Abrigo e, assim, melhor poder ajudá-lo.

Marina encarregou-se da aproximação e, falando com ternura, expôs:

– Meu irmão! Gostaria de apresentar-lhe Inocêncio, nosso companheiro de trabalho, que deseja lhe falar, no sentido de ajudá-lo.

– Eu não preciso de ajuda – retrucou –, a não ser que me levem de volta para o lugar onde eu estava.

Mesmo assim, a um sinal da Benfeitora, aproximei-me um pouco mais do infeliz irmão.

Todavia, antes que eu pudesse dizer alguma coisa, foi ele quem tomou a iniciativa da palavra.

– Afinal, o que deseja de mim? Se a intenção é mesmo a de me ajudar, repito, leve-me de volta para o lugar onde eu me encontrava.

– Mas, meu irmão, por que insiste tanto em retornar?

– Ora, porque este é o meu desejo – respondeu-me. – Aqui não me sinto bem, mas lá tenho os amigos e as coisas que me agradam.

– E o que lhe agrada mais, além dos amigos, se é que eles verdadeiramente o sejam?

– Quer mesmo saber? Embora não lhe devesse dizer, alguma coisa me impele a confessar o que não gostaria.

Aproveitando o titubeio do nosso irmão, respondi:

– Sim, desejo realmente saber, para poder ajudá-lo.

Ao que fomos informados, você está aqui já desde algum tempo e ainda não fez nenhum esforço para se adaptar.

– Não consigo, não consigo – contrapôs-se desesperado. – A falta do pó quase me leva à loucura.

– Ah, então é isso, a dependência da substância tóxica? Mas como se locupletava, se já nem mais no corpo você estava?

– Vampirismo, meu amigo, vampirismo. Você já ouviu falar dele? Por essa razão, mesmo desencarnado, optei permanecer por lá. Os internados para tratamento, durante o processo de desintoxicação, exalam tais substâncias, e eu as absorvo com avidez. Saía um, entrava outro... Então, por que não permanecer ali para saciar-me da dependência da qual não consigo me libertar?

– Sim, meu irmão, só que agora você precisa romper com esse círculo vicioso; aqui, você vai receber o tratamento adequado para se livrar dessa dependência, porque o processo já começa a lhe fazer um grande mal.

– Como assim, se lá eu me sentia tão bem?

– Ocorre, meu amigo, que, embora não se tenha apercebido disso, você já vem apresentando sinais de deformidades na sua estrutura perispiritual[1].

---

[1] O Espírito pode infundir modificações na estrutura do seu perispírito, tanto pela ação da sua vontade consciente quanto da inconsciente. Neste caso, embora ele não tivesse noção, ficou patente a distorção molecular do seu perispírito, pela assimilação das energias residuais da droga.

Assustado com a revelação, o Espírito emudeceu, enquanto eu continuava aproveitando para esclarecer:

– Talvez também desconheça que, dentre as propriedades do perispírito, duas delas, uma denominada absorção e a outra, plasticidade, vêm sendo seviciadas pela impregnação das energias deletérias e residuais da droga. Hauridas pelo processo da simbiose indesejável com os nossos irmãos em tratamento no grande hospital, isso vem comprometendo, aos poucos, a beleza harmônica da sua contextura perispiritual.

Intrigado, o Espírito retrucou:

– O senhor está querendo me apavorar?

– Não, meu irmão. Preste atenção no que lhe vai ser mostrado.

Nesse momento, Marina, que supervisionava nosso diálogo, utilizou, bem à frente do irmão infeliz, um espelho fluídico que, a exemplo dos recursos dos Raios X, mas com tecnologia infinitamente mais avançada, permitiu que ele visualizasse os contornos empastados do seu corpo perispiritual. Depois, como que se utilizando dos recursos de um *zoom*, possibilitou-lhe ver também a sua deformidade, já num processo bastante avançado de distorção molecular.

Nesse momento, o Espírito deu um grito e desfaleceu.

Marina entregou nosso irmão aos cuidados do Coordenador do Abrigo, agradeceu a hospitalidade em nome de todos nós, e partimos em seguida. Durante a viagem que mediava o nosso ponto de partida ao de chegada, a Benfeitora aproveitou para esclarecer que os estágios nas Instituições Espíritas, em terras do Brasil, serviriam de experiência para o nosso trabalho de convencimento dos nossos irmãos equivocados quanto à sua nova realidade existencial.

Capítulo 12

Campo de trabalho

Retornando ao continente europeu, rumamos para a Itália, mais precisamente nas proximidades do Monte Carmelo, onde os brasileiros participaram da histórica batalha que ajudou os aliados a pôr fim na Segunda Guerra Mundial. Alguns soldados perambulavam em sinal de alerta, imaginando que a guerra ainda não havia terminado. Dentre eles, apontaram-me o irmão de Cláudia, ex-esposa de Alfredo. Parecia muito cansado, apresentando sinais de abatimento. Com a permissão da nossa Benfeitora, aproximei-me dele e percebi, conforme explicado anteriormente, que exercia certa liderança sobre aquele grupo reduzido de soldados. Acerquei-me um pouco mais e, com a experiência adquirida nos esclarecimentos aos Espíritos desencarnados, procurei entabular o diálogo, enquanto os outros companheiros da nossa equipe faziam o mesmo com os demais. As conversações já iam adiantadas, porém sem sucesso aparente, pois todos eles olhavam na direção do líder, meio desconfiados, como que buscando orientação. Finalmente, o diálogo com Demétrio foi facilitado quando revelei ser conhecido de Alfredo, seu cunhado, esposo de Cláudia, sua adorada irmã. E, após a sua capitulação, não foi difícil convencer os demais companheiros da sua realidade existencial. Marina que, até então, fizera-se invisível aos olhos daqueles Espíritos, traumatizados pelos resquícios da guerra, resolveu entrar em cena. A sua aparição foi aos poucos se desenhando, inicialmente como um vulto que emergisse de espessa bruma para, gradativamente, ganhar a tangibilidade. Mais tarde, ficamos sabendo que o fenômeno que ela mesma provocara foi proposital, pois desejava, de certa forma, impactar nossos irmãos aturdidos para um despertar mais rápido do atordoamento da matéria. Recebida como venerável entidade, enviada pelos Céus, nossa Benfeitora começou a falar, como de costume, em tom maternal:

– Meus queridos filhos! Venho trazer-lhes uma mensagem de paz e boa nova para o despertamento das suas consciências, pois que, ligados psiquicamente a este local, plasmaram, durante todo esse tempo, a paisagem triste da guerra que já não existe mais. É preciso que deixem este local e se transfiram conosco para um abrigo de socorro, próximo daqui. Ali, serão acolhidos por entidades amigas que lhes propiciarão esclarecimentos mais amplos sobre a nova situação que os aguarda.

Demétrio, fazendo-se porta-voz dos demais, pediu licença para perguntar.

– Anjo venerável, por que permanecemos, durante todo esse tempo, hebetados pelo fascínio da guerra? Por que o socorro não veio antes?

Marina, que registrou aquele questionamento, que mais se assemelhava a um lamento de quem se considerava abandonado, voltou a falar:

– Não, meu filho, não se trata de esquecimento ou de abandono. Quando vocês sucumbiram, alimentados pelo ódio contra os inimigos, não se deram conta de que a guerra já havia terminado e, procurando-os por toda parte, elegeram este sítio de dor como campo de batalha.

– Mas nós não poderíamos ter sido regatados para os esclarecimentos necessários? – redarguiu Demétrio.

– Em realidade, vocês estavam enlouquecidos com a ideia fixa de localizar e de matar os inimigos e, convencê-los dessa realidade, para saírem deste local, nas circunstâncias em que se encontravam, poderia ser levado à conta de deserção. Mesmo assim, muitos tentaram, sem sucesso, subtraí-los daqui, o que está sendo possível somente agora, com a intercessão de Inocêncio e dos demais tarefeiros desta equipe de resgate. As ligações que você teve no passado, como irmão de Cláudia e cunhado de Alfredo, deram a Inocêncio as credenciais necessárias para o diálogo esclarecedor. Facilitado pelo seu esclarecimento, não foi difícil convencer também os demais.

Depois de mais algumas considerações, que se estenderam por quase hora e meia, retornamos ao Abrigo, acompanhados de Demétrio e dos demais ex-combatentes, deixando para trás aquele sítio de dor.

Durante o trajeto de retorno, alguém perguntou por que Demétrio e seus comandados relutaram tanto para se convencerem da sua realidade como Espíritos desencarnados. Sem entrar em maiores considerações, Marina sugeriu que consultássemos a resposta da pergunta de número 546 e seguintes do *O Livro dos Espíritos*, para atender melhor a essa questão[1]. Depois dessas explicações, a nossa tarefa estava concluída!

---

[1] "No tumulto do combate, o que ocorre com os Espíritos que sucumbem? Ainda se interessam pela luta depois da morte? Ao que os Espíritos respondem:
– Alguns se interessam, outros se afastam."

Nota de Kardec. "Nos combates, acontece aquilo que ocorre em todos os casos de morte violenta: no primeiro momento, o Espírito está surpreso e como perturbado, e não crê estar morto, parecendo-lhe ainda tomar parte na ação. Não é senão pouco a pouco que a realidade lhe aparece".

PARTE QUATRO

Capítulo 1

Hiroshima

Algumas décadas já haviam se passado, desde aquela tragédia. Nossas atividades no plano espiritual intensificavam-se cada vez mais, preparando-nos para uma nova experiência na vida corporal. Foi quando fomos convidados pela Benfeitora para uma visita na cidade japonesa de Hiroshima, local onde explodiu a primeira bomba atômica sobre uma população civil. Ao aproximarmos, do alto já podíamos divisar os contornos da deslumbrante e esplendorosa cidade. Nem de longe lembrava aquela metrópole, outrora destruída, sob os escombros provocados pela arma mortífera. Marina, que já havia contatado anteriormente as autoridades espirituais da localidade, fez-se acompanhar, além de nós, de um mensageiro, designado especialmente para nos levar até o prédio, onde se encontrava um Centro de Registros e Pesquisas, com informações catalogadas, em minuciosos detalhes, sobre o momento que antecedeu a grande hecatombe. O local era de aspecto agradável e convidativo para reflexões, porque ali se costumavam reunir equipes de estudos procedentes das várias partes do mundo espiritual, de ligação mais direta com a crosta planetária, objetivando colher informações que possam contribuir para a implantação da paz duradoura na Terra. Hiroshi, o coordenador do Centro, recebeu-nos a todos com a maior solicitude. À exceção de Marina e dos demais coordenadores das várias equipes presentes, só ficamos sabendo o que iria realmente ocorrer depois da fala de Hiroshi.

– Periodicamente – informou-nos –, somos visitados por aqueles que desejam sinceramente colaborar com a paz na Terra. Se a visualização dos registros históricos da nossa cidade pode causar um impacto doloroso na observação da tragédia que nos acometeu, por outro lado também servirá de alerta para despertar as almas adormecidas na indiferença a respeito do quanto ainda deve ser feito para selar definitivamente o compromisso de amor ao próximo, conforme recomendou Nosso Mestre e Senhor Jesus, o filho enviado de Deus.

Para mim, soava estranho o nome de Jesus ser mencionado de forma tão respeitosa no mundo oriental. Registrando o meu pensamento, que depois fiquei sabendo ser também o questionamento íntimo dos demais, Hiroshi continuou:

– Não se surpreendam pelo fato de ter mencionado o

nome de Jesus. Se, na Terra, temos nossos Guias e Protetores Regionais, no mundo espiritual, com abrangência para todo o Planeta, prevalece a ascendência Dele como Guia e Protetor da Humanidade. Um dia, as nações de todos os quadrantes da Terra compreenderão melhor a ascendência espiritual desse Sublime Mensageiro de Deus, que se ofereceu em holocausto para salvar a Humanidade.

O Coordenador fez uma pausa emocionada para, logo em seguida, concluir:

– Nas projeções a que irão assistir, poderão avaliar melhor a grande responsabilidade do nosso comprometimento com a paz.

Em assim falando, pediu que nos dirigíssemos a uma sala contígua, de vastas proporções, com acomodações bem-dispostas, a exemplo das salas de projeções cinematográficas da Terra, porém com recursos tecnológicos desconhecidos e indescritíveis à linguagem humana, porque, ao iniciar a projeção, a impressão que tive era a de que saíra daquele ambiente fechado, passando a integrar a paisagem lá de fora, que começava a se desenhar bem à minha frente. A impressão era de que eu estava sozinho, observando tudo o que estava para acontecer em detalhes. Naqueles instantes, que se avizinhavam ao grande desastre, localizei-me na zona periférica da cidade, a tempo de ainda poder observar o forte poderio militar dos japoneses, como os depósitos de armas e uma área edificada com indústrias bélicas de variados portes. Após, desloquei-me, incontinenti, para o centro, onde a bomba seria projetada.

Nesse momento, os radares japoneses detectaram alguma coisa vinda do alto, porque "exatamente às 8h12min da manhã daquele dia fatídico, 6 de agosto de 1945, o avião norte americano B-29 Enola Gay despejou a bomba atômica Little Boy sobre Hiroshima".

Nesse átimo de segundo, a impressão que tive foi a de que havia sido sugado para o interior do local onde se fazia a projeção, a tempo de ainda observar "às 8h15min, a bomba explodir com a magnitude correspondente a 12.000 toneladas de dinamite no centro da cidade, causando a morte instantânea de aproximadamente 100.000 pessoas". Para uma população de cerca de 380.000 habitantes, o efeito da bomba foi devastador.

Fiquei imaginando por que ela foi lançada sobre a população civil, e não no local onde se concentravam as indústrias bélicas e os depósitos de armas. Teriam errado o alvo?

A explicação ficaria para depois.

Logo mais, fui informado de que todos das demais equipes presentes também foram submetidos às mesmas experiências pelas quais passei.

A reconstituição daquela cena macabra foi impactante,

causando-me uma sensação de intenso pavor. Hiroshi esclareceu que o artefato, além da sua carga explosiva, carregava, também no seu bojo, imantação magnética de alto teor negativo.

Ao descer sobre a cidade, ele vibrava imperceptível aos ouvidos humanos, mas perfeitamente audível para nós. Daí a sensação de pavor experimentada por todos os que encontrávamos segundos antes do impacto ensurdecedor. Essa vibração desagradável, que acompanhou a descida da bomba, era produto da absorção magnética das mentes que projetaram e construíram a arma assassina.

Reunidos novamente na grande sala, o Coordenador voltou a dar explicações sobre a devastação causada pelos efeitos destruidores da bomba: as edificações da cidade, e principalmente a população civil, foram, propositadamente, as mais atingidas, com o intuito de provocar um morticínio generalizado. Não bastasse isso, três dias depois foi a vez de Nagasaki receber a bomba Fat Man. "Apesar de a sua potência ser praticamente duas vezes maior do que a bomba Little Boy lançada sobre Hiroshima, o seu estrago foi menor, pois as condições climáticas de Nagasaki, no dia do lançamento, estavam desfavoráveis, fazendo com que a bomba não atingisse o alvo com precisão, caindo em um vale ao lado da cidade. Como o terreno de Nagasaki é montanhoso, parte da carga energética da explosão foi contida[1]. Mesmo assim, pereceram cerca de 40.000 pessoas e outras 25.000 ficaram feridas. Com isso, os japoneses foram forçados à rendição incondicional, o que acabou acontecendo no dia 15 de agosto de 1945, com a assinatura oficial do armistício no dia 2 de setembro do mesmo ano." Nos anos posteriores, após o ataque, a exemplo do que aconteceu em Hiroshima, milhares de pessoas ainda morreriam sob o efeito das radiações.

Voltando ao caso de Hiroshima, assim que a bomba foi lançada sobre a cidade, e durante o tempo que mediou até sua explosão, soou o alerta no plano espiritual. A providência objetivava mobilizar os Espíritos para a urgência da tarefa de socorro aos que seriam vitimados pela desencarnação imediata, e também para os que sofreriam mutilações irreversíveis, provocadas pelas queimaduras da radiação.

Neste último caso, os Espíritos tarefeiros trabalhariam, junto ao laboratório da natureza, à distância, na retirada de substâncias vitais, para a recomposição das energias desses irmãos exânimes.

Logo após o grande desastre, a cena continuou: o

---

[1] Somente a Lei de Causa e Efeito, com respeito à expiação coletiva, pode explicar esse fato, pois que o fenômeno da natureza impediu que o morticínio da segunda bomba fosse mais devastador, em que pese a carga explosiva da bomba Fat Man ser praticamente o dobro da bomba Little Boy, lançada sobre a cidade de Hiroshima.

cogumelo atômico causava impressionante pavor, e muitos sobreviventes ainda teriam, futuramente, a vida ceifada pela exposição à radiação remanescente.

A primeira impressão que tive era a de que esses Espíritos, sucumbidos pela morte violenta, ficariam presos junto aos escombros, ligados ao que ainda lhes restava da indumentária carnal. Entretanto, ao contrário do que aconteceu com os soldados na Itália, aqui os desencarnados foram resgatados, quase de imediato, pela equipe de socorro do plano espiritual. Percebendo a interrogação comparativa que bailava na cabeça de todos nós, Hiroshi apressou-se em nos esclarecer:

– Na Itália, os soldados lutavam para sobreviver, e a fixação contra o inimigo era fator determinante para se acreditarem ainda em combate, mesmo depois de tanto tempo de a guerra já haver terminado, embora esse fato não tenha ocorrido com todos os que se envolveram na grande conflagração. Entretanto, aqui, a violência foi praticada contra a população civil, ceifando a vida de crianças, adultos e velhos, aparentemente inocentes, se descartarmos a expiação dolorosa a que estavam submetidos pela Lei de Causa e Efeito.

– Mas todos estavam incursos nesse processo expiatório? – atrevi-me a perguntar.

– Sim – explicou Hiroshi. – A expiação foi coletiva, e

todos já estavam preparados para esse grande testemunho de resgate. Instantes depois de soar o alerta do plano espiritual, e segundos antes de a bomba ser detonada, os Benfeitores Espirituais projetaram sobre o local uma cortina fluídica, para minimizar os efeitos magnéticos da radiação na estrutura perispiritual dos que seriam vitimados. Daí, a razão da ausência, quase que total, do registro impactante dessa hora crucial.

Então, voltei a questionar:

– Nenhuma dessas vítimas ficou vagando...?

– Não – aparteou Hiroshi, antes que eu concluísse. – Todos foram recolhidos, de imediato, para uma Colônia Espiritual próxima daqui, pois o processo de resgate expiatório havia terminado.

Após a conclusão do seu relato, ele dirigiu-se a Marina e sugeriu:

– Antes de retornarem, acredito que valeria a pena visitarem nossa Colônia, onde também funciona um grande Complexo Hospitalar, o que você acha?

Falando em nome de todos nós, a Benfeitora agradeceu o convite e aceitou a sugestão.

– Sim, gostaríamos muitíssimo, pois creio que a visita nos trará novas oportunidades de aprendizado.

Hiroshi ofereceu-nos acomodação para um ligeiro descanso e incumbiu-se pessoalmente de ciceronear a nossa excursão.

À tardinha, utilizando-nos da volitação, demos início à viagem.

Já próximos do local, avistamos os contornos da Colônia, que se estendiam no horizonte, quase a perder de vista. Não era, como na maioria das cidades terrenas, um aglomerado de construções verticais. As edificações, construídas em módulos retangulares, eram intercaladas por graciosos jardins, ornamentados com repuxos de água e carpas coloridas, tão a gosto dos orientais. Ao chegarmos, Hiroshi esclareceu-nos sobre a finalidade para a qual a Colônia fora construída.

– Antes mesmo da guerra, "só no período entre 1905 e 1924, o Japão já havia sofrido cerca de 380 terremotos de grandes magnitudes, quando um número incontável de pessoas pereceram e tantas outras ficaram feridas".

Prevendo tudo isso, os Espíritos Superiores projetaram e construíram esta Colônia, com a finalidade de prestar os primeiros socorros aos irmãos desencarnados.

Nesse momento, já estávamos nos aproximando da edificação central, que se interligava com as demais.

Logo à chegada, fomos encaminhados à presença do

Administrador Saito, que nos recebeu afetuosamente. Conduziu-nos cortesmente ao interior da sua sala de trabalho e, depois de alguns minutos de conversa reservada entre Hiroshi e Marina, voltou-se para nós, perguntando:

– Vocês gostariam de conhecer algumas dependências do nosso Complexo Hospitalar?

Foi Marina quem, mais uma vez, humildemente falou por todos nós:

– Sim, venerável irmão, embora nossos amigos saibam da existência e da necessidade de hospitais no mundo espiritual, acredito que ainda não tiveram a oportunidade de ver como é feito esse tratamento mais de perto, o qual servirá também de reflexão para muitos que creem na cessação imediata das enfermidades, após a disjunção celular.

– Sim, é verdade – considerou Hiroshi. – Com a anuência do irmão Saito, tem sido possível a nós abrir o Complexo Hospitalar para a visitação de grupos de estudiosos do assunto, que aproveitam a experiência para a realização de trabalhos práticos de assistência espiritual.

Em seguida, Saito nos conduziu até uma ala destinada a receber as almas egressas da Terra que, submetidas a prolongado tratamento de doenças insidiosas, acabaram desencarnando e foram trazidas para cá.

– Esta é a ala coordenada pelo doutor Nakano e destinada a acolher especialmente os que sucumbiram vitimados pelo neoplasma maligno, mais conhecido como câncer.

E, após fazer ligeira apresentação, despediu-se para a continuidade dos seus afazeres, deixando-nos inteiramente à vontade com o médico, para que ele nos explicasse a sua técnica de trabalho.

O doutor Nakano nos aproximou, com muito respeito, do leito de um irmão recém-desencarnado que se queixava de dores abdominais. Nessa região, podíamos notar que as sequelas deixadas pela enfermidade cruel, embora atenuadas pela desencarnação, ainda remanesciam na contextura perispiritual do paciente.

Ante o quadro à nossa vista, o médico esclareceu:

– A constituição íntima do perispírito não é idêntica em todos os Espíritos. Ela guarda relação com o progresso espiritual já alcançado por cada um. Dessa forma, nosso irmão, acometido da enfermidade que provocou a sua desencarnação, ainda purga os efeitos resultantes da dolorosa expiação. A sua enfermidade já estava, por força da Lei de Causa e Efeito, na intimidade molecular do seu perispírito, que, ao renascer, foi somatizada, levando-o posteriormente à desencarnação. Viajando de volta para o mundo espiritual, trouxe consigo os resquícios da soez enfermidade, que desaparecerão, aos poucos, com o tratamento espiritual a que vem se submetendo.

– Mas – considerei com a oportunidade de aprendizado – como ficaram aqueles irmãos que foram dizimados pelos efeitos destruidores da bomba?

Doutor Nakano pensou rapidamente e respondeu, logo em seguida:

– Como já foi explicado anteriormente, aqueles que morreram instantaneamente tiveram, pelos seus méritos, a proteção da rede magnética, atirada segundos antes da explosão. Porém, muitos dos que sobreviveram à grande hecatombe acabaram por contrair, por força da expiação a que estavam submetidos, enfermidades cancerígenas que os levaram posteriormente à desencarnação.

– E como se processou o auxílio a esses irmãos?

– Recolhidos pelas equipes de socorro, foram trazidos para este Complexo e submetidos à continuidade do tratamento que já vinham recebendo em vida.

– E quanto aos que foram vitimados instantaneamente?

– Para esses, o tratamento deu-se de forma diferente. Trabalhou-se o restabelecimento do equilíbrio do seu psiquismo, desestruturado pelo trauma violento da sua desencarnação. Muitos deles, sob a supervisão dos Benfeitores que avalizarão sua nova existência corporal, já estão programando o seu retorno à Terra em nobilitante missão de paz. Renascerão nos vários países que participaram da Segunda Guerra Mundial, com a tarefa de proporem e participarem ativamente da neutralização dos conflitos bélicos e do desarmamento nuclear.

Depois de mais alguns dias de observação e aprendizado naquele Complexo Hospitalar, nossa missão estava concluída.

Retornaríamos, na manhã do dia seguinte, à nossa Colônia Espiritual e, nessa noite memorável que antecederia a nossa partida, reunimo-nos com Hiroshi, Saito e o doutor Nakano para as congratulações de despedidas.

A beleza da noite, emoldurada pelas estrelas cintilantes, formulava silencioso convite à oração.

A luminosidade, emitida pelos astros distantes, descia até nós como dadivosa chuva de bênçãos, a espraiar-se por toda nossa contextura espiritual, plenificando-nos de alegria pela emoção do dever cumprido.

Saito ergueu os olhos em direção ao céu e fez pequena e singela rogativa em nome de Jesus:

– Mestre, querido de todos nós!

Dignai-Vos atender às nossas súplicas de proteção e amparo a toda comunidade de Espíritos que aqui aportaram para o tratamento das suas mazelas, trazidas da última encarnação.

Em que pesem as nossas naturais limitações, desejamos servir-Vos no trabalho em prol dessas almas aturdidas na vivência passada, mas que hoje se reerguem redimidas pelo sofrimento, valorizando a oportunidade de recomeço, ao ensejo de uma nova encarnação.

Aos amigos que se despedem, após a curta permanência entre nós, rogamos as Vossas Bênçãos de retorno, pela experiência nova do trabalho enobrecedor.

Terminada a singela oração e, após as despedidas, rumamos de retorno à nossa Colônia Espiritual, pelo processo da volitação.

Capítulo 2

Reencontro

Os anos que se seguiram, após o nosso retorno, foram de preparativos, objetivando o reencontro com os familiares. Marina adiantou-me que, proximamente, ela própria, por designação dos Benfeitores Maiores, levar-me-ia à presença de Alfredo e Estênio. Este último colaborava nos serviços de faxina de um complexo, próximo do lugar onde nos encontrávamos. Ela mesma se encarregou de mediar aquela que seria nossa primeira conversa a três. Reunidos, a Benfeitora, tomando a palavra, assim se pronunciou:

– Meus queridos! Trago-lhes Inocêncio, a fim de discutirmos o processo inadiável da reconciliação familiar. O dia de hoje marcará o início de uma nova era para a reconstrução de novos caminhos, com aqueles que vivenciaram as experiências amargas das pregressas encarnações. Todavia, cabe a você, Alfredo, a tarefa de unificar esses corações pelos laços do amor, para o que contamos também com a cooperação de Estênio e Clotilde, os principais protagonistas desses pungentes dramas do passado, e também do presente, que a todos acometeram.

Estênio, visivelmente emocionado, tomou a iniciativa da palavra e, dirigindo-se à Benfeitora, falou, comovido:

– Minha boa irmã! É certo que, durante todos esses anos, venho me preparando para esse grande momento, todavia pesa-me expressiva parcela de culpa e, por isso mesmo, temo pelo testemunho que me aguarda. Em que pese a minha apreensão, tomei a decisão de enfrentar esse desafio e, por isso, conto com a ajuda dos que avaliarão o meu projeto de retorno à nova encarnação. Espero também poder contar com a aceitação dos que me acompanharão para os ajustes de contas, objetivando a nossa libertação.

Eu ouvia emocionado o depoimento de Estênio, enquanto Marina, procurando tranquilizá-lo, esclareceu:

– A equipe encarregada de montar esse processo de reaproximação vem dialogando com os demais desde já algum tempo. Oportunamente, marcaremos uma reunião, quando o projeto será apresentado para os possíveis ajustes finais.

Os dias se arrastavam melancólicos, e porque não tínhamos novas notícias do enunciado anteriormente, retornamos, com presteza, às nossas ocupações habituais, pois, agora, eu também já fazia parte da convivência com essas almas afins, cuja experiência no passado igualmente tinha sido bastante significativa para mim.

Certo dia, porém, chegou-nos a notícia de que seríamos convocados pelo Coordenador do Projeto para a tão esperada reunião.

Em companhia de Marina, eu, Alfredo e Estênio demandamos à sala do Coordenador, pois fomos informados de que nossos amigos ali já nos aguardavam.

Ao chegarmos, fomos recebidos por um mensageiro que nos conduziu à sala. De fato, ali já se encontravam Clotilde e Rafael, que demonstraram, de início, certo desconforto ao se defrontarem com Estênio, talvez por ainda guardarem, na lembrança, as reminiscências do passado. Percebendo isso, Marina falou com ponderação:

– Meus queridos irmãos! O drama vivenciado deverá ser esquecido, para dar lugar a uma nova etapa de lutas redentoras que lhes propiciarão a libertação definitiva do mal, ao qual, até há pouco, estavam atrelados. Esse processo contará com a ajuda dos Benfeitores que apoiarão o retorno de vocês à nova experiência carnal.

Mais apreensivo do que curioso, Estênio perguntou:

– Mas como se dará isso?

– Vocês – esclareceu Marina – receberão aplicações magnéticas na altura do Centro Coronário, que contribuirão para amortecer gradativamente as lembranças do passado. Além dessa providência, mais tarde, com o processo inicial do renascimento, essas lembranças paulatinamente vão se apagar, o que se consumará com a reencarnação. Todavia, faz-se necessária a cooperação de todos nesse processo inicial, para que o programa coletivo tenha o sucesso esperado.

Depois da fala de Marina, Alfredo foi o primeiro a se manifestar:

– Apesar das dificuldades que também deverei enfrentar nesse novo desafio, de minha parte estou tranquilo para cooperar no que estiver ao meu alcance.

Estênio, encarando de frente os dois desafetos do passado e fazendo visível esforço para não trair a emoção, falou com a voz entrecortada de sofrimento:

– Meus irmãos, se assim posso expressar-me, perdoem-me o ato insano que a minha invigilância propiciou-me praticar. A loucura tomou conta do meu ser, que não conseguia vislumbrar senão os valores materiais, que nos tolhem, na Terra, quase sempre, a capacidade de raciocinar. Tivesse a dita de seguir os ensinamentos preceituados por Jesus, que meu filho sempre procurava despertar na minha consciência culpada, talvez o desfecho tivesse sido outro. Além de não ouvir suas judiciosas advertências, conclamando-me a aceitar a nora e o neto indesejados, fui mais longe ainda e, desgraçadamente, desemboquei no crime hediondo, mandando eliminar Rafael, para desespero da sua extremada mãe. Como não bastasse tudo isso, arrolei também, como mandante desse crime, Tenório, meu capataz de confiança, filho bastardo da minha prevaricação com uma das nossas serviçais.

Ao completar a sua fala, eis que Tenório deu entrada no recinto, acompanhado de nobre entidade que o amparava, como a uma criança envolta nos seus braços.

A emoção foi geral. Era Benvinda, sua mãe adotiva, irradiando doce luminosidade. Conduzia Tenório para, juntos, integrarem o nosso pequeno grupo, ali reunido, com o propósito de reconciliação. Nesse momento, Estênio empalideceu, mas, percebendo o seu estado de constrangimento, Benvinda fixou o olhar na sua direção e falou com brandura:

– Não se agaste, meu bom irmão. Em que pesem nossos erros perpetrados, Deus, nosso Pai de Amor e Misericórdia, sempre leva em conta o pouco de bom que realizamos para, na Contabilidade Divina, amortizar, com os créditos dos benefícios disponibilizados em favor dos nossos semelhantes, o passivo dos nossos erros passados. Talvez não se recorde, mas, quando deixou Tenório sob os meus cuidados, falei-lhe, também na ocasião, sobre algumas crianças abandonadas, recolhidas num orfanato. Provavelmente sensibilizado com isso, você disponibilizou um mensageiro da sua confiança para que, periodicamente, levasse generosas somas em dinheiro, víveres e roupas que eram compartilhados também com as crianças desse orfanato. Atribuí-lhe, então, um pseudônimo, para justificar tais doações, a fim de manter sua identidade no anonimato. Recordo-me de que, semanalmente, eu e o pequenino Tenório participávamos das orações domingueiras, quando o seu "nome" era sempre lembrado. Uma dessas crianças, agora desencarnada e redimida pela provação da orfandade, dispõe-se a renascer provavelmente como sua filha, pois deseja alavancar-se no processo de evolução, vivendo ao seu lado.

– Como assim? – aparteou Estênio, emocionado. – A minha existência, pelo que estou informado, será marcada por testemunhos difíceis, quase insuportáveis.

– É exatamente por isso, pois, nesse reduto de dificuldades, essa alma sublime terá o ensejo de demonstrar-lhe gratidão, ao mesmo tempo que poderá ascender mais rapidamente para Deus, pelo progresso da verticalização espiritual.

– Mas por que ela?

– Pela afinidade que nos estreita desde aquele tempo, deseja renascer como sua filha, minha futura mãe.

– E...E...E...Então – gaguejou Estênio –, eu serei seu avô?

– Provavelmente sim, se os Benfeitores avalizarem nossa petição.

Nesse momento, Cornélio deu entrada no recinto, impressionando a todos nós pelo grau de luminosidade exteriorizado do seu coração.

Capítulo 3

Reencarnação coletiva

Após saudar-nos, pediu à Marina que providenciasse uma reunião no Salão Nobre do Pavilhão, destinado aos estudos e ao planejamento das reencarnações. Além dos técnicos daquela área de trabalho, participaríamos também eu, Alfredo, Estênio, Clotilde, Rafael, Tenório e Benvinda. Marina também integraria os componentes dessa reunião, pois seria uma das entidades que avaliariam o projeto reencarnatório de todos, à minha exceção, que permaneceria na retaguarda dando sustentação aos demais irmãos. Encarregada do processo de aglutinação, ela não perdeu tempo, expedindo informes para que todos nós nos apresentássemos três dias após, ao cair da tarde, no aludido Pavilhão. A expectativa era muito grande. Vale ressaltar que Marina, já desde algum tempo, vinha conversando com todos os envolvidos sobre a necessidade de voltarem ao palco da vida terrena para o necessário ajuste de contas no processo reconciliatório de união. Na véspera do acontecimento, recolhi-me mais cedo aos aposentos. Como era de hábito, abri o Evangelho de Jesus, estudado e comentado à luz da Doutrina Espírita. Também nessa noite, procurei deliberadamente o Capítulo IV "Ninguém pode ver o reino de Deus se não nascer de novo", item "Necessidade da Encarnação". Desejava, antecipadamente, preparar-me para poder participar, com mais proficiência, dos assuntos que fatalmente seriam debatidos na reunião. Após digerir as orientações das "Instruções dos Espíritos", ali exaradas, adormeci.

Na manhã do dia seguinte, Marina convocou-nos para passar algumas orientações sobre a reunião de logo mais, ao cair da noite. Dentre todos, Estênio e Clotilde eram os que demonstravam maiores apreensões. Antes de tecer as suas considerações, nossa Benfeitora conclamou-nos para que a acompanhássemos na oração matinal. Ali mesmo, no palco da natureza, unindo as nossas mãos, em círculo, exorou, emocionada:

– Mestre e Senhor Jesus! Rogamos as Tuas bênçãos em favor dos que aqui nos encontramos, em preparativos, para colaborar no processo de reconciliação dessas almas, comprometidas desde tempos distantes.

Fortalece seus corações para que o renascimento seja coroado do êxito esperado. A nós outros, Senhor, cabe a responsabilidade de velar à distância pelo sucesso espiritual dos nossos irmãos.

Estaremos atentos no acompanhamento e na proteção da sua trajetória terrena, desde o renascimento até a desencarnação.

Que a coragem, a fé, o bom ânimo, a determinação e sobretudo a esperança, sejam as suas inspirações prediletas na luta difícil, mas promissora, de libertação, que os aguarda. Logo mais, receberemos dos nossos Benfeitores Maiores, orientações mais detalhadas, inspiradas no Teu Evangelho de Amor.

Foi sob essa emoção que Marina concluiu a sua oração, quando lágrimas discretas brotaram dos nossos olhos, traduzindo a sensação de indescritível bem-estar.

Despedimo-nos de coração esperançado, para o encontro de logo à noitinha no Pavilhão destinado aos preparativos da Reencarnação.

Ao cair da tarde, Marina fez questão de seguir ao nosso lado. Durante o trajeto, podíamos observar a exuberância da natureza, emoldurada com frondosas árvores e canteiros em flor.

Aproveitando-se do rápido momento que nos distanciava do Pavilhão, nossa Benfeitora falou:

– Enquanto na indumentária física, reabastecemos nossas energias pelo processo natural da alimentação, e muito pouco pela respiração.

Aqui, tomamos consciência da necessidade da inversão desses valores, adaptando-nos gradativamente a uma alimentação menos grosseira, com a retirada dos recursos vitais da natureza, através do perispírito, pela sua propriedade de absorção.

Capítulo 4

Novas experiências

Finalmente chegamos! Recebidos por um mensageiro, fomos introduzidos nas dependências do edifício e levados à presença do Coordenador. Ele mesmo se dispôs a nos encaminhar até a sala dos projetos, onde Cornélio, coadjuvado por técnicos sobre o assunto, estudava os detalhes anatômicos de Espíritos que serão futuros candidatos à reencarnação.

Não pude conter a curiosidade e perguntei, à distância:

– Minha cara Benfeitora! Como se explica a necessidade do mapa genético a que os Espíritos se submeterão? Não aprendemos que o candidato à reencarnação carrega consigo o embrião das suas necessidades espirituais?

Marina pensou um pouco para, em seguida, responder:

– Sim, meu caro Inocêncio, no caso da expiação, o Espírito de consciência culpada plasma, por si mesmo, via perispírito, as suas anomalias ou deformidades no corpo físico em formação. Já na provação, ele poderá solicitar essa ajuda como forma de se preservar das tentações.

– Como assim?

– Precisamos primeiro entender que toda expiação é também uma provação, mas nem toda provação significa expiação. Na expiação, o Espírito rebelde colhe compulsoriamente o resultado das suas más ações. Já no caso da provação, a fealdade anatômica, por exemplo, poderá ser solicitada por um Espírito que deseja superar a sua vaidade narcisista trazida de outra encarnação.

Enquanto Cornélio dava as orientações aos seus colaboradores, sobre os retoques finais no projeto sob nossa observação, Marina nos convidou para que, juntos, aguardássemos, na sala de reuniões ao lado, a entrevista com o Benfeitor.

Passados cerca de quinze minutos, ele deu entrada na sala, acompanhado do Coordenador; ali já nos encontrávamos eu, Alfredo, Benvinda, Clotilde, Estênio, Rafael, Tenório e Marina.

Tomando a palavra, o Coordenador considerou:

– Iniciaremos hoje o processo de preparação do renascimento de vocês, à exceção de Inocêncio, que passará doravante a nos coadjuvar nesse processo de retorno às lides terrenas. Enquanto Cornélio supervisionará os preparativos da volta, Marina e Inocêncio acompanharão mais de perto o estreitamento afetivo entre vocês para o sucesso de convivência pacífica na Terra. Já contatamos alguns Espíritos abnegados que se dispuseram a acolhê-los para testes de si mesmos numa provação que os fará ascender mais rapidamente para Deus.

Em seguida, pediu que nos acomodássemos nas poltronas à nossa disposição, pois que iria providenciar uma projeção à moda cinematográfica.

Dito isto, fez descer uma tela alvinitente e solicitou que, em concentração, abstivéssemo-nos dos contornos do ambiente à nossa volta.

Ao som dos acordes de suave melodia, dedilhada sobre uma harpa por delicada jovem de beleza angelical, agora foi a vez de Cornélio considerar:

– Desçamos até a crosta planetária, onde descansam os protagonistas que os acolherão em nova experiência carnal, embora, de acordo com os prognósticos estabelecidos, esse processo somente se inicie dentro de aproximadamente um ano.

Nesse momento, foi como se estivéssemos embarcados numa confortável nave sideral em direção à Terra.

A paisagem começou a se desenhar mais nitidamente a

partir do instante em que iniciamos a atravessar as camadas mais densas da esfera psíquica terrestre. Até então, mal podíamos divisar os acidentes geográficos à nossa volta. Diria posteriormente nosso Benfeitor que, para não causar maior desconforto, foram-nos omitidas as visualizações mais grotescas daquela região do astral.

Finalmente chegamos. Já era de tardinha, e a família estava se preparando para sair em demanda ao Centro Espírita, onde participaria, como era de costume, da reunião mediúnica semanal.

Adentramos na residência. O ambiente psíquico da casa estava impregnado de muita paz, o que nos permitiu avaliar a respeitabilidade espiritual dos seus moradores. Aproveitamos o ensejo para orar, enquanto o casal fazia frugal refeição, entabulando animada conversação.

Em determinado momento, o marido dirigiu-se à esposa, entre apreensivo e emocionado:

– Antoninha, já faz alguns meses que estamos tentando a gravidez e...

Como toda mulher candidata à maternidade, ela respondeu com um toque de sensibilidade otimista:

– Não se agaste, Ricardo, Deus sempre sabe o que faz. Creio mesmo que, mais cedo do que imaginamos, seremos agraciados, pois ultimamente venho sonhando com uma região do astral, na qual se encontram Espíritos necessitados, que precisam reencarnar.

– Como, necessitados? – retrucou o marido.

– Pressinto que não são almas afins, ligadas diretamente a nós, mas que precisam do nosso apoio para o resgate dos seus débitos espirituais.

Ricardo, sem guardar a mesma compreensão e elevação espiritual da companheira, questionou, estupefato:

– Mas por que conosco, se poderiam tentar a reencarnação em lares afins?

– Para nós – respondeu Antoninha, com um toque de sensibilidade –, cabe a honra de poder colaborar com as Leis Divinas no soerguimento dessas almas comprometidas.

Nesse instante, a esposa olhou para o relógio e deu-se conta de que o horário não comportava o avanço da discussão.

– Vamos, Ricardo, precisamos nos apressar para não chegarmos atrasados à reunião.

Capítulo 5

A comunicação de Cornélio

Chegados à Casa Espírita, algumas entidades se manifestaram, durante o transcorrer dos trabalhos, dando o depoimento da situação de sofrimento em que se encontravam. O lamento traduzia o arrependimento tardio, porém sincero, por se descurarem da valorização da vida, quando encarnados na Terra, sensibilizando a todos nós. Ao final, Cornélio manifestou-se, trazendo uma mensagem de otimismo e esperança.

– Meus queridos irmãos! Que a paz do Senhor Jesus seja conosco.

A reencarnação tem sido a porta de favorecimento aos que desejam sinceramente a busca da redenção. O renascimento das almas comprometidas dignifica os seus pais, como verdadeiros missionários, em quem a Misericórdia Divina confia para o cumprimento de Suas Leis. Dotados de maior compreensão do que os Espíritos de mediana evolução, eles colaboram para que também progridam os retardatários. Extensa é a fila dos que desejam renascer e, por isso mesmo, há que se fazer uma pré-seleção dos candidatos à reencarnação, levando-se em conta o desejo sincero de aproveitamento da preciosa concessão. Assim, não há limite estabelecido quanto à necessidade da encarnação, pois, à medida que o Espírito progride, atinge mais rápido a perfeição. Seria como traçar uma meta para os viandantes de uma mesma jornada, com o fim de alcançarem determinado objetivo. Aqueles que forem determinados chegarão mais rápido, porém os acomodados retardarão a sua chegada e lamentarão o tempo perdido. A Lei do Progresso espiritual nos impele à fatalidade da evolução. Não foi por outra razão que Jesus, em resposta a Nicodemos, asseverou: "Em verdade, em verdade, digo-te: Ninguém pode ver o reino de Deus se não nascer de novo"[1].

O casal ouvia emocionado, enquanto nós também estávamos sensibilizados com a dissertação do querido Benfeitor.

Durante os minutos que se seguiram, Cornélio continuou discorrendo sobre a importância da experiência na carne. Vale ressaltar que a plêiade de Espíritos do nosso plano, ali presente, também se beneficiava da mensagem do Benfeitor.

---
[1] João 3:1-12.

Logo em seguida, o dirigente encarnado deu por concluídos os trabalhos da noite.

Ao retornar para casa, era notória a alegria do casal, que sinalizava com a esperança de poder colaborar, com a missão do matrimônio, no renascimento dessas almas necessitadas, se assim fosse a vontade do Senhor.

Naquela mesma noite, Cornélio nos informou de que Ricardo e Antoninha seriam desdobrados para conversações, objetivando os preparativos para o início da sua missão.

A noite caía pesada e o relógio apontava pouco mais da meia-noite quando adentramos no lar dos nossos anfitriões encarnados. Apesar de o casal já estar acostumado com esse tipo de fenômeno, Cornélio nos convidou para a oração, a fim de facilitar ainda mais o desdobramento. Pelo que pude perceber, fazia algum tempo que eles dormiam, pois ambos já estavam parcialmente desdobrados, como que aguardando contato conosco. O Benfeitor fez uma prece, acompanhada por todos nós.

Sob o influxo da oração, eles se desprendiam cada vez mais. Dotada de maior ascendência espiritual do que seu companheiro, Antoninha apresentava o perispírito mais diáfano, o que lhe dava maior lucidez para dirigir-se a Cornélio em nome do casal.

– Benfeitor amigo! Estamos prontos para desempenhar a tão honrosa quão dignificante tarefa que o Senhor nos concede por acréscimo da Sua Misericórdia. Entretanto, em que pese a nossa disposição de servir, rogamos continuadas bênçãos e proteção, a fim de que não venhamos a fraquejar no momento do grande testemunho. Portanto, rogo permissão para orar em favor de todos, como forma de expressar nossa gratidão.

Cornélio, com ar de satisfação, consentiu que nossa irmã fizesse a oração. Foi aí que pudemos registrar um fenômeno singular. Do seu tórax, um facho de luz levemente azulada parecia brotar das entranhas do seu coração, envolvendo a todos e com mais proficiência sobre Estênio, por ser ele o candidato à reencarnação mais diretamente ligado ao casal.

Terminada a oração, estávamos todos emocionados, pois não conseguíamos mensurar a extensão das vibrações que brotavam fáceis das palavras daquela que seria a futura mãe de Estênio.

Logo após esse fenômeno enternecedor, eles foram formalmente apresentados ao casal. Cornélio explicava, em detalhes, como seria o projeto inicial da experiência a ser vivida na Terra. A princípio, dar-se-ia apenas o envolvimento de Estênio para, mais tarde, ser providenciado o aglutinamento com os demais.

Capítulo 6

Fenômeno singular

Depois daquele episódio preparativo com vistas à reencarnação de Estênio, que seria acolhido pelo beneplácito do casal, eu e Alfredo fomos convidados pelo Benfeitor para uma visita ao antigo Solar. Lá estava o velho casarão, onde as experiências transatas me faziam aflorar à consciência as recordações amargas da hecatombe moral vivida por Alfredo e seus familiares, conforme relatado por ele mesmo na sua história de vida. Acredito que Alfredo provavelmente sentia, mais do que eu, o desconforto espiritual, pois notava no seu semblante uma ponta de melancolia. O Solar havia sido adquirido e restaurado pelo governo da cidade. Tombado como patrimônio histórico, foi transformado em museu, onde se destacavam coletâneas raras, como jogos de cristais, pinturas de quadros a óleo, pratarias, porcelanas famosas, peças de antiguidade e algumas quinquilharias que despertavam a curiosidade e o interesse dos visitantes, aficionados na arte de colecionar.

– O local, como vocês já sabem – explicou o Benfeitor

–, foi o palco do drama que a todos compungiu. Notem os objetos estampados com o brasão da família.

De fato, alguns deles detinham esse registro em alto-relevo, destacando-se dos demais. Mas o que mais nos chamou a atenção foi um velho guarda-louça em bom estado de conservação, que à época decorava a grande sala de jantar. Por sugestão de Cornélio, paramos para observar a reação dos irmãos encarnados que desfilavam em visita ao museu. A maioria observava com admiração aquela peça rara, verdadeira obra de arte de marcenaria, com entalhes de marchetaria cuidadosamente esculpidos em madeira de lei. Ele registrava as recordações dos repastos da família, quando, entre uma garfada e outra, eram discutidos os assuntos do cotidiano. Depois de demorada observação, quando já nos preparávamos para visitar as demais dependências do museu, eis que o Benfeitor sugeriu um pouco mais da nossa atenção. Um grupo de senhoras aproximou-se do guarda-louça, destacando-se dentre elas uma jovem que, ao aproximar-se do objeto, tocou-o delicada e respeitosamente. Dir-se-ia que a moça desejava sentir no tato os detalhes da madeira, acariciando-os com suas mãos, entretanto a realidade era outra. O seu olhar parecia divagar à distância, despertando-nos viva curiosidade. Cornélio, que também observava o comportamento daquela jovem, elucidou:

– Ouçamos a conclusão da sua narrativa às demais componentes do grupo.

– Este objeto, minhas amigas – comentava a jovem, descontraída –, oferece-nos ricas informações sobre os moradores que se privaram do seu convívio e que, apesar do tempo decorrido, ainda consigo registrar detalhes de um passado relativamente distante. Percebo o tilintar dos talheres à hora da refeição, quando os comensais discutiam em conjunto os assuntos de família. Ouço também vozes desconexas sem conseguir decifrar o assunto.

E, depois de alguns instantes de maior concentração, falou um pouco assustada:

– Meu Deus, agora as vozes se exaltam. Discutem acaloradamente sobre problemas de herança e o destino deste antigo Solar, que lhes servia de moradia até então. Sinto também algo de sinistro no ar, mas não consigo vislumbrar o desdobramento do que poderia ter acontecido na sequência dessa discussão.

Nesse instante, a jovem emudeceu e nada mais falou, retirando a mão de sobre a peça que lhe servia de inspiração, parecendo ter-se desconectado da sintonia com o objeto em questão.

Aproveitando-se do momento, Cornélio esclareceu:

– A jovem, sob nossa observação, é portadora de

mediunidade rara e pouco conhecida, qual seja, a psicometria. Ao colocar as mãos sobre um objeto de uso pessoal, o médium, detentor dessa faculdade, poderá "ler" o registro dos acontecimentos desenrolados em torno do mesmo. No caso do guarda-louça, a peça sofreu as impregnações magnéticas deixadas pelos familiares, que todos os dias se reuniam para o repasto da noite[1]. Fosse o local mais apropriado, e a jovem, desenvolvida para exercer com equilíbrio esse tipo de mediunidade, poderia descrever com nitidez o desenrolar de tudo o que aconteceu.

Apesar de desejosos de maiores esclarecimentos em torno do assunto, o Benfeitor pediu que aguardássemos um pouco mais.

---

[1] "Pois que a psicometria não passa de uma das modalidades da clarividência, a esta pertencem também os seus enigmas." Na clarividência utilizada por quiromancia, cartomancia, visão do cristal, os diversos objetos ou processos empregados podem considerar-se como simples "estimulantes", próprios para suscitar o estado psicológico favorável ao desembaraço das faculdades subconscientes.

Na psicometria, muito pelo contrário, parece evidente que os objetos apresentados ao sensitivo, longe de atuarem como simples "estimulantes", constituem verdadeiros intermediários adequados, que, à falta de condições experimentais favoráveis, servem para estabelecer a relação entre a pessoa ou meio distantes, mercê de uma "influência" real, impregnada no objeto pelo seu possuidor". "Após as experiências recentes e decisivas de Edmond Duchatel e do Dr. Osty nos domínios da psicometria, não é mais possível duvidar da realidade dessa "influência" pessoal absorvida pelos objetos e percebida pelos sensitivos (grifo nosso). Ernesto Bozzano, *Enigmas da Psicometria,* 4ª edição FEB, páginas 9 e 10.

Capítulo 7

Aprendizado

O horário para a visitação pública estava prestes a ser encerrado. Acompanhamos os visitantes, que se dirigiam para a porta de saída em conversações animadas. Aquele grupo de senhoras falava descontraidamente a respeito dos objetos em exposição, quando a jovem médium, dirigindo-se às demais, informou:

– Ao tocar no guarda-louça, senti, de início, uma sensação estranha como se estivesse adentrando psiquicamente naquele móvel. Ouvi vozes quase inarticuladas, por isso tive dificuldade em distinguir a personalidade de quem falava, pois que se misturavam em algaravias incompreensíveis, quando uma delas se interpôs trovejante entre as demais. Nessa hora, o silêncio pairou no ambiente como se todos a obedecessem respeitosos e subservientes. Infelizmente, não pude acompanhar o desenrolar dos acontecimentos, pois que fui levada à desconcentração pelo soar do sinete, que anunciava o final do expediente para visitação.

Depois de acompanhar o grupo até a porta de saída e de ouvir o depoimento daquela jovem, voltamos ao interior do museu.

Agora, o silêncio era quase total, porque apenas alguns serviçais cuidavam da arrumação física do ambiente.

Enquanto isso, Cornélio acercou-se de uma entidade venerável, a qual parecia deter o comando dos demais Espíritos que permaneceram no local, e, dirigindo-se a ela, falou sem afetação, dando-nos a impressão de que já privara em outras ocasiões do seu convívio cordial.

— Respeitosa Yvonne, como das vezes anteriores, venho rogar os seus bons ofícios, agora em favor dos nossos irmãos, particularmente de Alfredo, que se prepara para o início de promissora jornada terrena, enquanto Inocêncio permanecerá no trabalho de retaguarda, objetivando o sucesso dele e dos demais irmãos candidatos à reencarnação.

— Não tenha dúvidas – aquiesceu a Benfeitora –, estamos aqui para servi-los tão logo o recinto seja esvaziado com a desobrigação dos nossos irmãos faxineiros. Como você sabe, gostamos de realizar este tipo de trabalho com a menor influência psíquica possível, deixada pelos nossos irmãos encarnados.

E, olhando significativamente para nós, dando a entender que Cornélio nos ofereceria as devidas explicações, concluiu:

– Enquanto isso, fique à vontade para orientar nossos irmãos sobre os mecanismos desse fenômeno singular, pouco estudado pelos espiritistas da atualidade.

Cornélio convidou-nos, então, para percorrer as demais dependências do museu, enquanto explicava o fenômeno detectado pela jovem médium, a quem nos referimos anteriormente.

– Cada peça deste museu – esclareceu – tem a sua aura correspondente, onde ficaram registradas as impressões deixadas por aqueles com os quais tiveram um contato mais acentuado. No caso do guarda-louça, a moça, detentora dessa faculdade, captou, por meio da psicometria, nesse objeto, os fragmentos de um diálogo travado em família.

E porque os assuntos mais graves costumavam ser discutidos, quase sempre, durante e ao término de cada refeição, principalmente na hora do jantar, Alfredo considerou:

– Por acaso, aquela voz a que a jovem fez referência seria do meu pai?

– Provavelmente sim – respondeu Cornélio. – Todavia, iremos acompanhá-la até o Centro Espírita que frequenta, para colhermos maiores informações. Integrante da reunião do intercâmbio mediúnico, ela poderá colaborar conosco trazendo agora, à tona, os acontecimentos, despidos das fortes emoções que, na ocasião, tanto os conturbaram. Na erraticidade, faz-se necessário contabilizarmos os lucros e os prejuízos morais, hauridos em nossa vida passada, para as reflexões amadurecidas, com vistas aos ajustes inadiáveis para o sucesso de uma nova encarnação. As peças em exposição são verdadeiros repositórios de preciosas informações para cada caso em particular.

Dessa forma – concluiu Cornélio –, as impregnações magnéticas deixadas no guarda-louça serão importantes para a finalidade que dispomos estudar, além do que a própria ambiência psíquica do Solar, onde o drama teve lugar, agora transformado em museu, com a ajuda da nossa irmã, facilitará a nossa tarefa em prol do sucesso dos nossos irmãos prestes a reencarnar.

Depois dessas explicações, Cornélio buscou o auxílio de Yvonne, que disponibilizou, por sua vez, um auxiliar da sua confiança para nos acompanhar.

Roberto aproximou-se e, dirigindo-se a Cornélio, falou solicitamente olhando para todos nós.

– Benfeitor amigo, doravante estarei à disposição de vocês, pois conheço a jovem médium que frequenta este museu vez que outra. A sua mediunidade tem despertado, também em nós, o interesse pelo estudo dessa peculiaridade fenomênica. Necessitamos, mesmo desencarnados, igualmente do constante aprendizado, com a colaboração dos nossos irmãos encarnados.

Já na próxima quarta-feira da semana vindoura, acompanharei vocês na nossa primeira experiência junto ao Agrupamento Espírita frequentado pela nossa irmã.

Capítulo 8

Reflexões

Era pouco mais de dezoito horas quando, em companhia do nosso irmão, rumamos em direção ao Centro Espírita, localizado na periferia da cidade. Estênio foi convidado para nos acompanhar com o objetivo de aprendizado. A intenção era a de que ele pudesse observar o diálogo que seria travado entre o esclarecedor e o Espírito obsessor, a fim de que tirasse, por si mesmo, as conclusões da inoperância de quem deseja fazer justiça com as próprias mãos. A reunião estava marcada para as vinte horas e trinta minutos, mas a movimentação dos Espíritos ali já era intensa. Notamos que a proteção da barreira magnética ao redor da Instituição estava concluída, como costuma acontecer em todas as organizações espíritas que dispõem do mínimo de responsabilidade para a realização deste tipo de trabalho. Ante nossa admiração, à exceção de Cornélio, conhecedor do assunto, Roberto explicou-nos a importância dessa proteção antes do início das atividades.

– O trabalho de hoje será destinado ao atendimento

dos nossos irmãos necessitados, provenientes dos dois planos da vida. Porém, aqueles que já se desvencilharam da indumentária carnal e que ainda alimentam propósitos de vingança aportam a este posto avançado de atendimento espiritual com uma carga considerável de vibrações "envenenadas". Seriam mesmo capazes de desestabilizarem o clima harmônico da reunião, não fossem as providências adotadas. Ao adentrarem na psicosfera ambiente da Casa, esses irmãos passam por uma espécie de esterilização fluídica, despindo-se das vibrações mais pesadas, aliviando o desconforto espiritual do médium durante a comunicação.

Enquanto nosso Benfeitor dava explicações detalhadas sobre como transcorreriam os trabalhos, os organizadores ultimaram as providências finais, dando início às atividades esperadas por todos nós. As comunicações fluíam normalmente, e os atendimentos se prestavam a socorrer nossos irmãos desencarnados, particularmente os suicidas arrependidos, em processo de sofrimentos inenarráveis. Não faltaram também os sarcásticos obsessores, ligados aos irmãos encarnados pelos vínculos do passado.

Estávamos interessados no desenrolar dos diálogos que ali aconteciam, particularmente quando o assunto versava sobre a perseguição motivada pelo sentimento de vingança.

A nossa participação, minha e de Alfredo, como assistentes dessa reunião de desobsessão, foi muito proveitosa, principalmente para o seu pai, que nos acompanhava nessa excursão.

Atentos, ouvíamos o desenrolar do diálogo que acontecia entre o esclarecedor e um Espírito obstinado no propósito de perseguição.

– Meu irmão – dizia o esclarecedor –, o perdão não é sinônimo de covardia, pois que, perdoando, libertamo-nos da sintonia com o agressor a quem tanto repudiamos. Ainda que você leve às últimas instâncias os seus propósitos de vingança, induzindo o nosso pobre irmão, já de si mesmo tão desventurado, à prática do suicídio, a sua sede de vingança não será saciada.

– Mesmo assim – retrucava o Espírito, enfurecido –, ele há de pagar por tudo quanto me fez sofrer. Não descansarei enquanto não arrebatá-lo da vida, induzindo-o à autodestruição.

– Nesse caso – ponderou o doutrinador –, ele terá a seu favor a atenuante de ter sido expulso do corpo físico, que ainda lhe serve de prisão, exatamente pelo débito contraído com o nosso irmão. Dessa forma, deixe-o entregue ao Tribunal Divino, sem querer fazer justiça com as próprias mãos.

– Mas eu não sossegarei, eu não sossegarei! – clamava, desesperado.

– Entretanto – argumentava o doutrinador –, ao contribuir com a sua saída do corpo físico antes do tempo previsto, estará, paradoxalmente, colaborando com o encurtamento da sua expiação. E, como a sua sede de vingança não será saciada, continuará experimentando, no mundo espiritual, os tormentos por não vê-lo sofrer ainda mais.

– É o que você pensa – retrucou o obsessor. – Quando estiver aqui, será presa fácil ao meu alcance...

– Engano, meu irmão! Na zona de sofrimento a que se recolherá, caso venha a cometer o suicídio insuflado por você, nosso irmão receberá proteção relativa para cumprir, à distância da sua influência, o resto do sofrimento que ainda lhe caberá expiar.

O doutrinador continuou exortando-o, sem que ele, aparentemente, demonstrasse sensibilidade.

Percebendo que as suas forças estavam se exaurindo com a aplicação das energias disponibilizadas pelos médiuns encarnados, o Espírito tentou inutilmente reagir, mas adormeceu logo em seguida.

A reunião, com a participação dos irmãos encarnados, foi encerrada. Todavia, pelo que pudemos observar, as atividades no plano espiritual se prolongaram por mais ou menos uma hora com o socorro continuado aos irmãos atendidos da noite.

Depois de agradecer a acolhida da Casa em favor de todos nós, Cornélio sugeriu que retornássemos à Colônia Espiritual, quando seria delineado o plano final para o retorno do grupo às lides carnais.

Estênio aproveitou para reconhecer o quanto lhe fizera bem ter participado, como ouvinte, da aludida reunião.

– Agora posso avaliar, com mais proficiência, o quanto estava equivocado em desejar fazer justiça com as próprias mãos; creio mesmo que a melhor maneira de nos livrarmos dos nossos inimigos é conceder-lhes a dádiva do perdão.

Capítulo 9

Avaliação

No dia seguinte à nossa chegada, Cornélio reuniu a todos no Pavilhão da Reencarnação e, dirigindo-se diretamente a Estênio, com abrangência também para os demais, informou resumidamente a nossa experiência lá no museu, bem como a ocorrência do último episódio que observamos.

– Assim, como pudemos notar do que foi exposto, a entidade comunicante, na visita que fizemos ao Centro Espírita da crosta, estava enceguecida pelos propósitos de vingança, sem condições de raciocinar, de maneira lógica, sobre os efeitos redundantes da sua ação impensada. Teve que ser adormecida para que não causasse maior mal à sua vítima, seu algoz do passado.

Por sua vez, também foi beneficiada no cerceamento do seu livre-arbítrio mal direcionado. Oportunamente, será devidamente esclarecida sobre a necessidade do perdão em prol da sua própria felicidade.

A médium que lhe serviu de instrumento comunicativo é a mesma que trabalhará conosco proximamente, pois, dotada de excelente sensibilidade psicométrica, servirá de ponte para reavivar a memória de vocês, em especial do nosso Estênio e de Clotilde, na vivência do passado.

É que tudo o que for resgatado, agora com os ânimos arrefecidos, servirá de reflexão para o sucesso da provação expiatória a que serão submetidos na próxima encarnação.

– Mas onde e como se dará isso? – perguntou Estênio, apreensivo.

O Benfeitor, com um olhar de melancolia, respondeu:

– Proximamente, lá no museu, outrora o grande palco das tragédias protagonizadas por influência do nosso irmão.

Estênio empalideceu e, com o olhar triste, cabisbaixo, considerou:

– Querido Benfeitor, estou pronto para mais esse testemunho. Volto a dizer que a maior parcela de culpa recai sobre os meus ombros, pois tivera a oportunidade de escutar as advertências e os apelos...

Clotilde, também muito emocionada, e, na tentativa de consolá-lo, interrompeu-o dizendo:

– Não foi somente você o protagonista das tragédias

que a todos nos acometeram; tudo teve início com a minha paixão desvairada...

E não pôde mais continuar, porque o sentimento de arrependimento sincero, que brotava fértil do seu coração, fê-la chorar.

Tenório, que ouvia calado, cabisbaixo e envergonhado por cumprir as ordens do patrão, ergueu o semblante, criou coragem e falou, sensibilizado:

— Também estou arrependido e aproveito a oportunidade para rogar o perdão do inocente que covardemente assassinei.

Rafael, que tentou dissimular, por sua vez, o mal-estar provocado pela lembrança do passado, falou logo em seguida:

— Ninguém paga mais do que deve e, se tive que experimentar a morte por envenenamento, o meu passado de comprometimentos colocou-me no curso dessa terrível expiação.

E Cornélio aproveitou para esclarecer:

— Rafael tem razão quanto à sua necessidade de expiação, entretanto não devemos justificar a tragédia evocando aqui a pena de Talião. Tenório não renasceu predestinado a praticar esse mal. Não fosse por suas mãos, e Rafael, por certo, também encontraria a morte, em circunstâncias igualmente trágicas.

Percebendo o constrangimento e a disposição de acerto de todos nós, o Benfeitor concluiu:

– Meus filhos, é bom saber que estão arrependidos e que se dispõem a reparar os equívocos do passado.

Essa frase foi pronunciada com tamanha inflexão de bondade, que não resistimos à emoção e começamos a chorar.

Alfredo e Benvinda mantiveram-se calados, aguardando respeitosos as providências futuras, com vistas às experiências conjuntas a serem vividas proximamente na Terra.

O dia do encontro se aproximava e a expectativa era geral. Na véspera, antes de rumarmos para a crosta, Cornélio esclareceu:

– Amanhã, rumaremos em direção ao museu, antigo Solar e reduto de tantas recordações desagradáveis. Ali, valendo-nos da intermediação da médium, recordarão alguns lances mais importantes daquela trágica existência, que servirão a vocês de reflexões para o êxito da nova experiência na Terra.

– Sem que o Benfeitor me tenha à conta de impertinente, por que a necessidade dessa intermediação, uma vez que, acredito, bastaria apenas a retrospectiva para revermos as cenas do passado?

– Boa pergunta, meu caro Alfredo! Entretanto, ela só será respondida amanhã à noite, por ocasião das experiências novas que advirão com a colaboração da médium em questão.

Também fiquei curioso para saber como se distinguiria uma situação da outra, de vez que as imagens, pelo que pude depreender, seriam exatamente as mesmas.

Antes de nos recolhermos aos aposentos, Cornélio convidou-nos a orar, chamando para si, humildemente, a permissão para a feitura da prece.

– Senhor Jesus! Atende as nossas súplicas nesta hora ciclópica de necessidades espirituais. Bem sabemos o quanto nos tem custado o distanciamento dos Teus ensinamentos de vida eterna para a redenção de nossa alma sofrida. Ainda assim, temos insistido na repetição das quedas espetaculares, iludidos pela falácia das promessas fantasiosas que nos acenam com o gozo efêmero na Terra. O egocentrismo tem sido a tônica da nossa perdição, enveredando-nos por caminhos ínvios, distanciando-nos de Deus. Em nossa impertinência, pela falta de vigilância, temos dado vazão às intuições sombrias, o que muito nos têm feito sofrer. Mas agora, Senhor nosso, desejamos sinceramente romper com a retaguarda de sombras, desatando as algemas que ainda nos prendem ao passado de erros, a fim de darmos o primeiro passo rumo à plena libertação.

Cornélio estava emocionado, inserindo-se humildemente no contexto da oração. Foi quando nos sentimos circundados por envolvente luz de safirina beleza a projetar-se do Mais Alto, com predominância sobre nosso Benfeitor. E, retomando o curso da oração, concluiu:

– Logo mais, Senhor, nossos irmãos terão ensejo de recuarem ao passado, porém desprovidos das emoções que redundaram em tragédias para, agora, estudá-las com isenção, a fim de iniciarem o começo de nova encarnação. Fortalece-os, Mestre querido, insuflando-lhes pensamentos de coragem e bom ânimo no propósito sincero do acerto.

A prece foi encerrada sob o efeito de forte emoção. Despedimo-nos para o reencontro do dia imediato quando, sob o comando do Benfeitor, desceríamos até a crosta planetária para o contato com Rosália, em preparativos de desdobramento com os nossos irmãos.

Capítulo 10

Experiência inusitada

A tarde deslumbrante, emoldurada pelo Sol avermelhado, sinalizava a chegada da noite; algumas estrelas bruxuleantes disputavam o espaço do céu com a claridade do Astro Rei, que pousava no horizonte. Aos poucos, ganhavam corpo, iluminando a abóboda celeste de claridades cintilantes. Encontramo-nos no jardim frontal de nosso Pavilhão e de lá iniciamos a descida até o local pré-determinado pelo Benfeitor. Durante todo o trajeto, que não foi demorado, pudemos notar a diferença da densidade vibratória. Da leveza do local onde estava nossa Colônia, o clima psíquico ia se adensando à medida que nos aproximávamos da crosta terrestre. E foi assim até chegarmos, já adaptados à realidade da psicosfera do mundo corporal. Antes de adentrarmos no museu, perguntamos a Cornélio por que, como das vezes anteriores, não utilizamos o processo da volitação.

– Na realidade, temos aqui três formas tradicionais de

locomoção. A volitação, o transporte por meio de veículo próprio do mundo espiritual e a deambulação. Hoje, optamos pela última modalidade. Isto faz parte da nossa estratégia de aprendizado, objetivando desenvolver em vocês a autodisciplina para o controle das emoções. Essa providência contribuirá nas experiências próximas que vivenciarão. Deambulamos pelo caminho mais difícil, isto é, aquele desprovido da "pavimentação especial" que facilita a movimentação dos Espíritos entre nossa Colônia e a zona de transição, e notei, durante o trajeto, quando passávamos pelas áreas de turbulências psíquicas, provocadas pelas mentes em desalinho dos nossos irmãos desencarnados, o mal-estar experimentado por vocês. No entanto, o esforço que fizeram para superar esse desconforto espiritual será muito importante para as nossas atividades lá no museu.

– Como assim? – arrisquei perguntar.

– É que, atendendo às nossas recomendações iniciais na postura da oração e da vigilância, vocês conseguiram, durante o processo de descida, resguardar-se do fenômeno da movimentação ondulatória, provocada pelo psiquismo em desalinho dos nossos irmãos desencarnados. Apenas registraram, sem se deixarem impregnar, ou seja, assimilar essas vibrações desequilibrantes. Saiba, Inocêncio, que esse exercício prático a que foram submetidos também servirá de teste para as experiências de logo mais.

Eram aproximadamente vinte e uma horas quando chegamos às dependências do museu. Embora a ausência dos encarnados, a movimentação dos Espíritos era incomum, pois vários grupos, coordenados pelos seus respectivos instrutores, ali acorriam no intuito de aprofundarem conhecimentos na imersão das experiências transatas. O objetivo era o de se prepararem, a exemplo do nosso grupo, para novos testemunhos de resgate na Terra. Enquanto aguardávamos o desdobramento de Rosália, que seria trazida por Valério, seu guia espiritual, Cornélio convidou-nos a observar o comportamento de uma senhora, em aparente estado de ansiedade.

Discretamente, aproximamo-nos, a tempo de ouvi-la falar.

– Temo muito, querido Benfeitor, temo muito pela reaproximação deles. O senhor crê que, realmente, terei forças para acolher em meu lar os desafetos que tanto me prejudicaram?

Tenho medo, sim, tenho muito medo – enfatizava a pobre senhora, quase chorando.

Não pudemos mais acompanhar o desfecho do diálogo, pois que já se aproximava a hora do nosso encontro com

Rosália. Todavia, enquanto aguardávamos, Cornélio rapidamente inteirou-se da problemática daquela mulher, repassando-nos posteriormente as informações.

– O episódio, ocorrido com essa senhora, teve lugar numa existência anterior, quando foi brutalmente assassinada.

O empregado, insuflado pelo filho herdeiro, foi o autor do crime hediondo. Detentora de grande fortuna, ela pretendia arrolar como herdeira, além do seu único filho, uma fiel e dedicada servidora, que há muitos anos lhe prestava relevantes serviços como sua dama de companhia. Porém, antes de tomar a decisão, a mãe o havia consultado, usando esse argumento como justificativa para promover a partilha.

Ela tentava convencer o filho, reticente, de que a parte que caberia à serviçal era insignificante em face aos bens de família acumulados até então. Mas o filho, não conseguindo dissuadir sua genitora, planejou, ele mesmo, com o conluio do empregado, o seu assassinato, e também o da infeliz servidora. Entretanto, o filho mal pôde desfrutar da herança maldita, pois que, logo em seguida, também seria assassinado pelo mesmo empregado, sob a justificativa de que o acordo, em dinheiro, não fora cumprido. Todavia, ambas, por guardarem ascendência espiritual sobre os protagonistas da tragédia, perdoaram-nos, dispondo-se a recebê-los numa nova existência.

– Mas – perguntei –, então, por que o medo de aceitar o desafio, uma vez que...?

Antes mesmo de concluir, o Benfeitor antecipou-se, esclarecendo:

– Quando na erraticidade, o Espírito guardava uma visão holística da sua necessidade de evolução mais acelerada. Por essa razão, ansiando por progredir, desejava acolher essas duas almas necessitadas, o que lhe proporcionaria, em caso de sucesso, um grande avanço espiritual.

Agora, reencarnada, em estado de desdobramento, manifesta sua preocupação em dar conta do compromisso assumido anteriormente, pois a antiga serviçal, hoje sua filha, receberá proximamente os dois desafetos. Todavia, após a segunda gravidez, ficará viúva e, para suprir a necessidade financeira do lar, terá que ir morar, com seus dois filhos, na casa da sua mãe.

Por sua vez, detentora de maior elevação espiritual do que a sua antiga patroa, a ex-serviçal mantém o firme propósito de cumprir o compromisso estabelecido no Além.

– Pelo que pude depreender – interferi –, a tragédia ocorreu em algum lugar do passado, bem longe deste local.

Então, por que o encontro foi marcado nas dependências deste museu?

Apontando para o canto de uma sala, delicadamente decorada, o Benfeitor esclareceu:

– Observe aquele carrilhão.

Pertenceu à família enlutada. Todos admiravam a antiga peça, não só pela obra de arte nos entalhes da madeira, quanto pelo valor histórico, deixado como herança pelos seus ancestrais.

Ao entardecer, às dezoito horas, quando ele soava as seis badaladas, patroa e empregada costumeiramente se reuniam para orar em preparativos para o repasto da noite.

Quando a herdade foi vendida, o novo proprietário desinteressou-se pela peça que, passando de mão em mão, acabou vindo parar neste museu.

O acessório sob nossa observação favorecerá a reaproximação das quatro almas envolvidas na tragédia, de vez que o magnetismo impregnado no objeto propiciará a criação da ambiência pretérita para reflexão[1].

A recordação, pelo distanciamento do tempo, já não perturba tanto, e nesse caso, como também no nosso, em

---

[1] "No caso de objeto utilizado por diversas pessoas, facultado fica ao sensitivo poder exercer sucessivamente a sua influência sobre cada uma das pessoas, inclusive o ambiente em que elas viveram; (...) Ernesto Bozzano, *Enigmas da Psicometria*, 4ª edição, FEB, página 12.

particular, o trabalho de reaproximação será facilitado pela disposição dos que desejam sinceramente acertar o passo para a reconciliação.

E, concluindo, arrematou:

– Vocês também serão submetidos a esse mesmo tipo de experiência, a fim de romperem definitivamente com os elos do passado.

Capítulo 11

Epílogo

Agora já passava da meia-noite quando Rosália chegou, acompanhada de seu Benfeitor. Embora ainda se mantivesse presa aos liames carnais, o seu desdobramento era quase total, o que facilitava a sua lucidez para confabular conosco. Sob a tutela de Cornélio, fomos apresentados a ela, que se dispôs, solicitamente, a colaborar com a experiência que iríamos vivenciar. Dirigimo-nos, então, até a seção dos antiquários, onde o guarda-louça ali se destacava. Agora já podíamos sentir, com a presença da médium, a proximidade das vibrações mais fortes dos familiares. Seria Rosália o elo entre nós e as emanações que se desprendiam do móvel? Cornélio pediu que aguardássemos mais alguns instantes em oração, enquanto passava algumas instruções à médium. Depois, também solicitou que nos aproximássemos um pouco mais do guarda-louça, tentando explicar:

– Utilizando-se da sua mediunidade, Rosália fornecerá os recursos necessários para intermediar os episódios vivenciados por vocês, captando as influências magnéticas deixadas no objeto.

Intrigado, perguntei:

– Como se dará essa experiência?

Ao que o Benfeitor respondeu:

– A retrospectiva das experiências transatas, com a intermediação da médium, facilitará a recordação dos acontecimentos, sem traumas, tal qual na reconstituição de um crime, com a vantagem do desprovimento das impregnações emocionais mais fortes, devido à blindagem mediúnica do ectoplasma liberado pela nossa irmã.

– Como assim? O senhor poderia detalhar melhor o assunto?

– Como não? Daqui a instantes, daremos início às experiências que, individualmente, vocês registrarão com o raciocínio e o sentimento do coração.

Postamo-nos próximo da médium, que acercou-se, por sua vez, do objeto em questão.

Era o velho guarda-louça que emitia tênues chispas magnéticas, observáveis apenas aos nossos olhos, de Espíritos desencarnados.

Levados pela indução magnética do Benfeitor, que se aproveitava dos recursos ectoplasmáticos de Rosália, fomos envolvidos por essas energias, que nos proporcionaram um mergulho retrospectivo no passado. A camuflagem espiritual, proporcionada pela mediunidade da nossa irmã, envolvendo Lucrécia/Venâncio, Estênio/Clotilde, principais protagonistas das tragédias, pretérita e presente, facilitava que as observações dos acontecimentos ocorressem sem traumas, conforme explicado anteriormente. Não contendo a minha curiosidade, perguntei:

– Mas, se o guarda-louça registrava apenas os acontecimentos do presente, como explicar o avanço no passado, envolvendo Lucrécia e Venâncio?

Ao que o Benfeitor esclareceu:

– Embora ele não seja o elo direto para desvendar aquele episódio desagradável, o fato é que o guarda-louça também se impregnou com as vibrações das lembranças adormecidas no inconsciente de Estênio e Clotilde, ou seja, com as primeiras experiências vividas como Venâncio e Lucrécia no passado. Agora, completou o Benfeitor, em que pese ser a vítima daquela oportunidade, Estênio reconhece que poderia ter superado, em parte, as consequências da tragédia, se discernisse um pouco mais a respeito do perdão. Como, além de não perdoar, procurou, posteriormente, fazer justiça com as próprias mãos, acabou ficando atrelado ao seu desafeto pela vinculação vibratória do ódio alimentado. Se tivesse perdoado ou, pelo menos, se esforçado para tal, poderia, já desde aquela época, ter ganhado ascendência espiritual sobre quem o vitimou.

Particularmente, Estênio notava, agora, o quanto ainda precisaria fazer no futuro para ganhar a sua libertação. Lucrécia, por sua vez, hoje na personalidade de Clotilde, também precisava rever o seu quadro existencial do passado como algoz de Estênio, a fim de acertar os passos numa programação futura de união. Os outros componentes do grupo, mais notadamente Rafael e Tenório, envolvidos na trama do presente, estavam emocionados. Este último deixava a nítida impressão de projetar-se nos braços de Clotilde, na expectativa de alcançar o seu perdão, uma vez que Rafael, havia muito tempo, já o tinha perdoado. Apesar de constrangedora, a cena era apoteótica, pois que Cornélio sugeriu um novo encontro para o acerto definitivo de contas, em que todos, de uma forma ou de outra, ficaríamos vinculados, no contexto de uma nova encarnação. Paulina e Rafael renasceriam como filhos de Estênio. Por sua vez, Paulina se casaria com Alfredo e teriam como filhos Benvinda, Clotilde e Tenório, netos de Estênio, fechando-se, assim, o ciclo do ajustamento necessário para o cumprimento da Lei de Causa e Efeito no contexto das provações.

IDE | Conhecimento e educação espírita

No ano de 1963, Francisco Cândido Xavier ofereceu a um grupo de voluntários o entusiasmo e a tarefa de fundarem um periódico para divulgação do Espiritismo. Nascia, então, o Instituto de Difusão Espírita - IDE, cujos nome e sigla foram também sugeridos por ele.

Assim, com a ajuda de muitas pessoas e da espiritualidade, o Instituto de Difusão Espírita se tornou uma entidade de utilidade pública, assistencial e sem fins lucrativos, fiel à sua finalidade de divulgar a Doutrina Espírita, por meio de livros, estudos e auxílio (material e espiritual).

Tendo como foco principal as obras básicas de Allan Kardec, a preços populares, a IDE Editora possui cerca de 300 títulos, muitos psicografados por Chico Xavier, divulgando-os em todo o Brasil e em várias partes do mundo.

Além da editora, o Instituto de Difusão Espírita também se desenvolveu em outras frentes de trabalho, tanto voltadas à assistência e promoção social, como o acolhimento de pessoas em situação de rua (albergue), alimentação às famílias em momento de vulnerabilidade social, quanto aos trabalhos de evangelização infantil, mocidade espírita, artes, cursos doutrinários e assistência espiritual.

Ao adquirir um livro da IDE Editora, além de conhecer a Doutrina Espírita e aplicá-la em seu desenvolvimento espiritual, o leitor também estará colaborando com a divulgação do Evangelho do Cristo e com os trabalhos assistenciais do Instituto de Difusão Espírita.

www.idelivraria.com.br

Conversando sobre o
ESPIRITISMO

Quais as bases do Espiritismo?

A Doutrina Espírita estrutura-se na fé raciocinada e no Evangelho de Jesus, com sólidos fundamentos nos seguintes princípios: a) Existência de Deus; b) Imortalidade da alma; c) Pluralidade das existências ou reencarnação, impulsionadora da evolução; d) Comunicabilidade dos Espíritos através da mediunidade, capacidade humana de intercâmbio entre os dois planos da vida; e) Pluralidade de mundos habitados.

Espiritismo é uma ciência, filosofia ou religião?

Ele engloba os três aspectos. É ciência que investiga e pesquisa; é filosofia que questiona e apresenta diretrizes para reflexão e é uma religião na prática da fraternidade, do real sentimento de amor ao próximo, tendo, como regra de vida, a caridade em toda a sua extensão, enfim, uma religião Cristã.

O Espiritismo proclama a crença em Deus, ou nos Espíritos?

O Espiritismo prega, através de uma convicção firmada na fé raciocinada, na lógica e no bom senso, a existência de Deus como inteligência suprema, causa primeira de todas as coisas, sendo Ele misericordioso, justo e bom, e vem confirmar a imortalidade da alma. Segue os ensinamentos racionais e coerentes dos Espíritos de ordem superior e, principalmente, os de Jesus como único caminho para a evolução espiritual, baseados na caridade, em todas as suas formas, através do amor ao próximo.

Para onde vamos quando morremos?

Retornamos ao mundo espiritual, nossa morada original, exatamente de onde viemos. Somos Espíritos e apenas estamos no corpo físico em estágio temporário de aprendizado. No mundo espiritual, reencontraremos os Espíritos com quem nos sintonizamos, daí a importância da vida reta e moralmente digna, desapegada das questões materiais, de coração sem mágoa, vinculada ao bem e ao amor desprendido.

Se quiser saber mais sobre o Espiritismo, o que devo ler?

As obras de Allan Kardec, a saber: *O Evangelho Segundo o Espiritismo*, *O Livro dos Espíritos*, *O Livro dos Médiuns*, *O Céu e o Inferno* e *A Gênese*.

Fundamentos do Espiritismo

1º Crê na existência de um único Deus, força criadora de todo o Universo, perfeita, justa, bondosa e misericordiosa, que deseja a felicidade a todas as Suas criaturas.

2º Crê na imortalidade do Espírito.

3º Crê na reencarnação como forma de o Espírito se aperfeiçoar, numa demonstração da justiça e da misericórdia de Deus, sempre oferecendo novas chances de Seus filhos evoluírem.

4º Crê que cada um de nós possui o livre-arbítrio de seus atos, sujeitando-se às leis de causa e efeito.

5º Crê que cada criatura possui o seu grau de evolução de acordo com o seu aprendizado moral diante das diversas oportunidades. E que ninguém deixará de evoluir em direção à felicidade, num tempo proporcional ao seu esforço e à sua vontade.

6º Crê na existência de infinitos mundos habitados, cada um em sintonia com os diversos graus de progresso moral do Espírito, condição essencial para que neles vivam, sempre em constante evolução.

7º Crê que a vida espiritual é a vida plena do Espírito: ela é eterna, sendo a vida corpórea transitória e passageira, para nosso aperfeiçoamento e aprendizagem. Acredita no relacionamento destes dois planos, material e espiritual, e, dessa forma, aprofunda-se na comunicação entre eles, através da mediunidade.

8º Crê na caridade como única forma de evoluir e de ser feliz, de acordo com um dos mais profundos ensinamentos de Jesus: "Amar o próximo como a si mesmo".

9º Crê que o espírita tenha de ser, acima de tudo, Cristão, divulgando o Evangelho de Jesus por meio do silencioso exemplo pessoal.

10º O Espiritismo é uma Ciência, posto que a utiliza para comprovar o que ensina; é uma Filosofia porque nada impõe, permitindo que os homens analisem e raciocinem, e, principalmente, é uma Religião porque crê em Deus, e em Jesus como caminho seguro para a evolução e transformação moral.

Para conhecer mais sobre a Doutrina Espírita, leia as Obras Básicas, de Allan Kardec.

www.idelivraria.com.br

idelivraria.com.br

Pratique o "Evangelho no Lar"

Aponte a câmera do celular e faça download do roteiro do **Evangelho no lar**

Ide editora é nome fantasia do Instituto de Difusão Espírita, entidade sem fins lucrativos.

📷 ideeditora   f ide.editora   🐦 ideeditora

◄◄ **DISTRIBUIÇÃO EXCLUSIVA** ►►

📍 Av. Porto Ferreira, 1031 | Parque Iracema
CEP 15809-020 | Catanduva-SP
📞 17 3531.4444   🟢 17 99257.5523

📷 boanovaed
▶ boanovaeditora
f boanovaed
🏀 www.boanova.net
✉ boanova@boanova.net

Fale pelo whatsapp

Acesse nossa loja